外国人のための日本語 例文・問題シリーズ 2

形 式 名 詞

名 柄　迪
広 田 紀 子
中西 家栄子
共著

荒 竹 出 版

監修者の言葉

このシリーズは、日本国内はもとより、欧米、アジア、オーストラリアなどで、長年、日本語教育にたずさわってきた教師三十七名が、言語理論をどのように教育の現場に活かすかという観点から、アイデアを持ち寄ってできたものです。私達は、日本語を教えている現職の先生方に使っていただくだけでなく、同時に、中・上級レベルの学生の復習用にも使えるものを作るように努力しました。

このシリーズの主な目的は、「例文・問題シリーズ」という副題からも明らかなように、学生には、今まで習得した日本語の総復習と自己診断のためのお手本を、教師の方々には、教室で即戦力となる例文と問題を提供することにあります。既存の言語理論および日本語文法に関する諸学者の識見を無視せず、むしろ、それを現場へ応用するという姿勢を忘れなかったという点で、ある意味で、これは教則本的実用文法シリーズと言えるかと思います。

従来、文部省で認められてきた十品詞論は、古典文法論ではともかく、現代日本語の分析には不充分であることは、日本語教師なら、だれでも知っています。そこで、このシリーズでは、品詞を自立語では、動詞、イ形容詞、ナ形容詞、名詞、副詞、接続詞、数詞、間投詞、コ・ソ・ア・ド指示詞の九品詞、付属語では、接頭辞、接尾辞、(ダ・デス、マス指示詞を含む)助動詞、形式名詞、助詞、助数詞の六品詞の、全部で十五に分類しました。さらに細かい各品詞の意味論的・統語論的な分類については、各巻の執筆者の判断にまかせました。

また、活用の形についても、未然・連用・終止・連体・仮定・命令の六形でなく、動詞、形容詞とともに、十一形の体系を採用しました。そのため、動詞は活用形によって、u動詞、ru動詞、行く動詞、来る動詞、する動詞、の五種類に分けられることになります。活用形への考慮が必要な巻では、巻頭に活用の形式を詳述してあります。

シリーズ全体にわたって、例文に使う漢字は常用漢字の範囲内にとどめるよう努めました。項目によっては、適宜、外国語で説明を加えた場合もありますが、説明はできるだけ日本語でするように心がけました。

教室で使っていただく際の便宜を考えて、解答は別冊にしました。また、この種の文法シリーズでは、各巻とも内容に重複は避けられない問題ですから、読者の便宜を考慮し、永田高志氏にお願いして、別巻として総索引を加えました。

私達の職歴は、青山学院、獨協、学習院、恵泉女学園、上智、慶應、ICU、名古屋、南山、早稲田、国立国語研究所、国際学友会日本語学校、日米会話学院、アイオワ大、朝日カルチャーセンター、アリゾナ大、イリノイ大、メリーランド大、ミシガン大、ミドルベリー大、ペンシルベニア大、スタンフォード大、ワシントン大、ウィスコンシン大、アメリカ・カナダ十一大学連合日本研究センター、オーストラリア国立大、と多様ですが、日本語教師としての連帯感と、日本語を勉強する諸外国の学生の役に立ちたいという使命感から、このプロジェクトを通じて協力してきました。

国内だけでなく、海外在住の著者の方々とも連絡をとる必要から、名柄が「まとめ役」をいたしましたが、たわむれに、私達全員の「外国語としての日本語」歴を合計したところ、580年以上にも及びました。この600年近くの経験が、このシリーズを使っていただく皆様に、いたずらな「馬齢の積み重ね」に感じられないだけの業績になっていればというのが、私達一同の願いです。

このシリーズをお使いいただいて、Two heads are better than one.（三人寄れば文殊の知恵）とお感じになるか、それとも、Too many cooks spoil the broth.（船頭多くして船山に登る）とお感じになったか、率直な御意見をお聞かせいただければと願っています。

この出版を通じて、荒竹三郎先生並びに、荒竹出版編集部の松原正明氏に大変お世話になりましたことを、特筆して感謝したいと思います。

一九八七年　秋

ミシガン大学名誉教授
上智大学比較文化学部教授
名柄　迪

はしがき

この巻の「主要項目」である「—こと」「—そう」「—ため」「—ところ」「—とき」「—の」「—もの」「—わけ」などの語が、日本語のコミュニケーションにおいて、話者の意志を伝達したり、表現の意図とかニュアンスを微妙に変化させる重要な機能を果していることは、外国語としての日本語を教えた人、または、学習した人のみならず、日本語を話す人ならだれでも分かることです。そして、また、これらの語の用法を完全にマスターすることが、日本語学習者にとって初歩的な構文を「たどたどしく」使用する段階から、日本語らしい日本語を上手に駆使する段階に移行するための不可欠な鍵であることは、日本語教育に携わった方なら、だれでも御存知のことです。およそ日本語の参考書と名づけられたもので、これらの項目が欠けているものはありませんし、これらの項目の三つだけで一冊の練習本が書かれたぐらいです。同時に、これまで、これらの項目全部を、まとめて総合的に研究し、日本語学習者の便に供する目的で書かれた著作はありませんでした。

われわれ三人は、「本書の使い方」で述べるような基準により、四十三の語を選択し、意味論的には、類似の用法の差異まで説明し、一つ一つの語の文法的特色まで解説し、いちいち例文を記し、できるだけ多彩な練習問題で学習者の習得を援助するように計画してみました。

ですから、学習者のみなさんには、この本を利用して、これまで比較的なおざりにされてきた形式名詞を、たっぷり練習していただき、日本語のコミュニケーションの微妙なニュアンスや機微に触れた表現がよくできるようになっていただき、また、そういう表現を使いこなせるようになっていただきたいと思います。そのため、各項目中の練習問題を、良心的に、全部やっていただくばかりでなく、日々の日本語の学習活動に、五十音順に語句が並べてある目次や、意味からクロスレファレンスできるように工夫してある巻末の索引を十分に利用して、学習効果を挙げていただきたいと思います。

第一章にたっぷり時間をかけて学習したあと、第二章の総合問題を自分の実力を試すと同時に総括的なまとめとして利用してください。

先生方には、どちらかと言うと、文法的な分析が先行し、効果的な教授法の開発が遅れていたと言える形式名詞の教授に、できるだけ広い観点よりこの問題に取り組んだ本書の企画の趣旨をよく理解した上、特に教師の便宜のために付加した意味索引を存分に教授活動にご利用いただきたいと思います。

形式名詞の学問的な位置づけと組織的な研究に関しては、Misao Kosugi, Ed. *Sophia International Review*, No. 10 の中の広田紀子・中西家栄子共著の「形式名詞の教え方」を参照してください。

本書の目次、索引、別冊解答は、上智大学聴講生の陳勰さんの協力により完成しました。また、総合問題の作成にあたっては、原文の転載許可のお願いに対し、著作権者でおられる阿部和子、井伏鱒二、今西錦司、鮟目卯女、坂口三千代、志賀直吉、谷崎松子の各氏、武者小路実篤会に御理解をいただき、快諾をたまわりました。ここに特筆して感謝の言葉に代えたいと思います。

一九八七年十一月

名柄 迪
広田紀子
中西家栄子

目　次

本書の使い方

一　本書に採用した日本語文法

前述したように、このシリーズでは、十五品詞分類を採用し、活用の形については、六形でなく、十一形の活用形を採用した。以下に、u動詞、ru動詞、行く(五段)変格活用動詞、来る(カ行)変格活用動詞、する(サ行)変格活用動詞、それぞれの活用の例を挙げて示す。

	u動詞	ru動詞	行く動詞	カ変動詞	サ変動詞
語　例	聞く	見る	行く	来る	する
1　語　根	聞k—	見—	行k—	き—	し・せ—
2　連用形	聞き	見	行き	き—	し
3　現在形	聞く	見る	行く	くる	する
4　否定形	聞かない	見ない	行かない	こない	し・せ
5　意志形	聞こう	見よう	行こう	こよう	しよう
6　過去形	聞いた	見た	行った	きた	した
7　テ　形	聞いて	見て	行って	きて	して
8　タリ形	聞いたり	見たり	行ったり	きたり	したり
9　タラ形	聞いたら	見たら	行ったら	きたら	したら
10　仮定形	聞けば	見れば	行けば	くれば	すれば
11　命令形	聞け	見よ・ろ	行け	こい	せよ・しろ

イ形容詞・ナ形容詞及び指示の助動詞についても、以下のようになる。

	イ形容詞	ナ形容詞	指示の助動詞ダ
語例	よい・いい	嫌い	だ
1 語根	よ・い	きらい	—d—、—n—
2 連用形	よく	きらいに	に
3 現在形	よい・いい	きらいだ	だ
4 連体形	よい・いい	きらいな	な
5 否定形	よくない	きらいで(は)ない	で(は)ない
6 推量形	よかろう	きらいだろう	だろう
7 過去形	よかった	きらいだった	だった
8 テ形	よくて	きらいで	で
9 タリ形	よかったり	きらいだったり	だったり
10 タラ形	よかったら	きらいだったら	だったら
11 仮定形	よければ	きらいなら(ば)	なら(ば)

二　本書の特色

この書は厳密な意味で統語論に基づいた「形式名詞」の研究書ではない。目的とするところは、究極のところ学習参考書または練習本である。その上、この巻の研究の対象である形式名詞という品詞は、学会において、その定義のための基準すら確定していない状態である。それは、あらゆる「形式名詞」は必ず他の品詞に由来しており、ほとんど全ての形式名詞に同音で類似の意味がある他の品詞が現代日本語の中に存在するからである。例えば、「私は若い時から、つまらないことに時間を浪費したものです」という過去の習慣を表す「―もの」はあきらかに形式名詞であるが、「あいつは全然ものがわかっていない」の「分別」を表す表現の中の「もの」は実質名詞である。われわれは、この問題を追求すればするほど、寺村秀夫氏が「究極のところ形式名詞の機能は話者の主観によって決定されるところが多い」と述べた先見に、同感するようになってきた。

それで、この巻のタイトルは「形式名詞」ではあるが、われわれは、形式名詞の用法を的確に説明し、もっとも効果的に学習者に習得させるために、考えうる程度内でもっとも広い範囲の「形式名詞に関係ある」問題を、品詞的区別にかかわらず包含した。しかし、一方では、ある同音類義語が「形式名詞」として使われた場合とまったく関連のない意味で、しかも形式名詞以外の品詞として使われた場合には、言及しなかった。例えば、「やっと入試の直前に勉強する気になった」の「気」は、意味上、機能上、「気にいらぬ」の「気」とまったく差異がない名詞であるから、この書では、完全に無視した。同様に、「あげく」は、「さんざん放蕩《ほうとう》したあげく」という文では、形式名詞に見えるけど、意味上、「あげくのはて」の「あげく」と同じであるから、実質名詞と考えた。

また、現代共通語として通用する「形式名詞」の学習を目的とするという原則から、「じょう（条）」、「だん（段）」など、古語的だと考えられる用法、または、現代ではほとんど用いられない文語的表現は、用例を一、二示しただけで、練習問題は付けなかった。そういう意味で、この巻に含まれた項目の中には、識者の目からみれば、「形式名詞」かどうか疑わしいものがあると思うが、そういう場合には、学習者にとって、一番役立つ教授方法という基準で、問題を処理した。

三　本書に採用した形式名詞の定義

前述したように、形式名詞の定義は、複雑な問題を含んでいるため、どの語が形式名詞であるかということは、個々の研究者によって解釈が違っている。本書では、形式名詞を、次のように定義した。

(A) **形態論上**……活用がない。

(B) **統語論上**

(1) 従属語であって、自立語ではなく、それ独自で、主語や目的語等の機能を果たす名詞句を構成しない。

(2) 通常、(a)その形式名詞に対して修飾節の述部を構成する用言の直後、または、(b)コ・ソ・ア・ド指示詞／名詞の直後、または、(c)コ・ソ・ア・ド指示詞／名詞＋「の」の構文の直後にくる。

(3) 主節、または、従属節において述部の構成要素となりうる。

(4) 自立語である名詞同様、助詞に接続する。

(C) **意味論上**……形式名詞を簡潔に定義することはできない。それは、ほとんどの形式名詞が語源的に外の品詞から派生したものであり、「その意味上の機能は、その語源にあたる語と、必ずしも、類義でなくとも、少なくとも、一つの意味論的グループをなす」というふうに考えるのが、今後の「形式名詞」の組織的意味論研究の一可能性を示唆しているように思う。

(D) **高次元の意味論を加味した談話の構造を考慮した機能論的定義**……上述したように、派生した語源に関係がある意味に加えて、日本語のコミュニケーションにおいて、話者の意志を伝達したり、表現の意図とかニュアンスを微妙に変化させる機能を果す。

(E) おわりに、外国で日本語を学習した人の便宜のために、「英語で書かれた日本語の文法書では、Pseudonoun と呼ばれている語形である」という定義を付け加える。

四　本書の構成

(A)　本書では、これまで、学会の常識として形式名詞として認められたものであるなしにかかわらず、取り上げた語形は、すべて、五十音順に配列した。そのうち、明らかに、形式名詞でなく、学習者の便宜のためにとりあげた語形には、その旨の解説を付した。形式名詞の下位分類は、統語法上の機能を考慮して、以下のようにした。

I　**主節の述部の構成要素になりうる形式名詞**……このグループの語には、(a)主節の述部の構成要素としての用法と、(b)従属節の述部の構成要素としての用法がある。(主節の述部の構成要素にしかなりえない形式名詞はない。)

II　**主節の述語になりえない形式名詞**……すなわち、従属節の述部の構成要素としての用法しかない形式名詞が、考えられる。(このグループの語には、*を付けて区別した。)

IIのグループの形式名詞でも、「AはBだ」の構文の中では、Iの用法と紛らわしい場合がある。例えば、「直前の完了」、すなわち、行事や動作が終わったばかりであるという用法を除いて、普通、ただ一つという意味の制限を表す「―ばかり」は、

あの人は、毎日、勉強するばかりで、面白味がない。

のように、従属節の述部の構成要素として用いられるわけだが、

あの人は、この頃、毎日、なにをなさっていますか。

と言う質問に対する答えとして、

あの人は、毎日、勉強するばかりです。

のように、主節の述部の構成要素として用いられているように見える場合がある。しかし、これらは、引用文の一形式と考えて、主節の述部の構成要素としての用法とは、見なさなかった。

(B) 学習者の便宜を考えて、目次は五十音順にしたが、巻末の索引は、教師の便宜を考慮して、意味論上の索引をクロスレファレンスできるように考案した。

(C) 各形式名詞について、先ず意味・用法の解説をした。その際、意味、用法の解説は次にそれらの解説に相当する例文を挙げ、その後、練習問題をつけて、学習を容易にするようにした。

(D) 例文・解説・練習問題の各項に、クロスレファレンスが可能になるよう、考案した。

(E) 熟語や慣用句となっている例外的用法は、その旨の解説を付加し、その後、用例を示した。明らかに形式名詞以外の品詞の用法は、その旨の注をほどこした。

第一章　用例解説・練習問題

〔一〕

*あいだ・あいだに

1　空間

用法——名詞＋の＋あいだ

意味——抽象《ちゅうしょう》的な空間を表す。

(1) あなたと私の間は遠慮がなくて何でも言える。

(2) アメリカとソ連の間で結ばれた軍縮《ぐんしゅく》協定には問題が残されている。

2　継続《けいぞく》している時間の範囲《はんい》

用法——名詞（句）＋の＋あいだ、イ・ナ形容詞（現在・過去形）＋あいだ、動詞（現在・過去・テ＋イル形）＋あいだ

意味——継続《けいぞく》している時間の範囲《はんい》を表し、主文の動作がその期間中、継続《けいぞく》することを表す。

（後ろの文には、継続《けいぞく》的な動作・状態を表す動詞が来る。）

(1) 十八歳から二十二歳までの間彼は親元《おやもと》を離れてくらした。

(2) 仕事柄《がら》、九時から三時までの間が一番忙しい。

(3) 子育《こそだ》てが忙しい間、女性は外で仕事が続けにくい。

(4) 揺《ゆ》れがひどかった間は自分で立ち上がることさえ出来ませんでした。
(5) せめて酒を飲む間ぐらいゆっくりさせてくれ。
(6) 野球のシーズンが続いている間は、ファンがゲームに注目《ちゅうもく》する。

【注】「時間を表す名詞＋の＋間」は「名詞＋中」で言い換えられる。
(1) 夏休み中遊び過ぎて、まだ宿題ができていません。
(2) 一時間中キョロキョロして、全然勉強になりませんでした。

3

同時進行

用法——名詞＋の＋あいだに、ナ形容詞（現在・過去形）＋あいだに、動詞（現在・過去・テ＋イル形）＋あいだに

意味——2同様、継続《けいぞく》している時間の範囲《はんい》を表すけれども、その時間内に外の動作が起こることを表す。（この場合には動作の結果として状態の変化が起こるような動詞が来る。）

(1) 夏休みの間にすっかり日焼けして、黒くなった。
(2) ちょっと席を外《はず》している間に、金がなくなった。
(3) 静かな間に勉強しておこう。
(4) 君が顔を洗っている間に、私はシャワーを浴びてしまおう。
(5) 島崎藤村《しまざきとうそん》が洋行していた間に、家庭問題は兄がすべて片付けてくれたようです。

【注】
1 「あいだ」の前にイ形容詞がくる場合は、主節《しゅせつ》の動詞は状態または動作の継続《けいぞく》を表すものでないと、日本語として不自然に感じられる。
（不自然） a 若い間は外国語を学《まな》びなさい。
（不自然） b 若い間は沢山仕事をしなさい。

そのため、a、bの文中では「あいだ」の代わりに「…うちに」を使用する方が自然である。

（自然） a′　若いうちに外国語を学びなさい。

（自然） b′　朝早いうちに仕事を片付けてしまいなさい。

2　主文と従文の主語が異《こと》なる場合、「あいだ」によって、導かれている状態を利用して、別の事をするというようなニュアンスが出て来る。この場合は「とき」ではこのニュアンスは表現できない。

（例）　最近の学生は先生が向こうを向いている間に弁当を食べるそうです。

最近の学生は先生が向こうを向いている時に弁当を食べるそうです。

練習問題〔一〕

一　正しい方を○で囲《かこ》みなさい。

1　あなたが寝ている（あいだ・あいだに）、二回も地震がありました。

2　君がグーグー寝ている（あいだ・あいだに）僕はずっと勉強していたんだよ。

3　課長、お留守の（あいだ・あいだに）奥様からお電話が二度ありました。

4　若い（あいだ・あいだに）不節制《ふせっせい》をしていたから、年を取って、すっかり体力が無くなってしまった。

5　司法《しほう》試験に受からない（あいだ・あいだに）は、故郷に帰るわけにはいきません。

6　夏休みの（あいだ・あいだに）この仕事を全部片付けてしまうつもりです。

7　あの事件と今度の事件の（あいだ・あいだに）は何の関連性もないとおもいます。

二　（　）の中に「うち・うちに」、「あいだ・あいだに」の中で正しいものを選んで入れなさい。

解答は一つだけとは限らない。

1 何もしない（　　　）今年も終わりました。
2 走っている（　　　）おなかが痛くなってきました。
3 忘れない（　　　）言っておくことがあります。
4 体力がある（　　　）もう一度富士山に登りたいと思っています。
5 花子はご飯を食べている（　　　）テレビをみていた。
6 若い（　　　）色々な国を旅行するのはいい経験になります。
7 面接の結果を待っている（　　　）とても不安で落ち着きませんでした。
8 今日の（　　　）しておかなくてはいけないことが山ほどあります。
9 勉強している（　　　）眠たくなってきました。
10 元気な（　　　）海外旅行にでも行ってみたらどうですか。

三　次の文を読んで、より適当な方に○をつけなさい。

1 A「お子さんが小さくて大変ですね。買物に行く（とき・あいだ）はいつもどうなさっていらっしゃるんですか。」
B「いつも子供が寝ている（とき・あいだ）にすることにしています。」
2 A「ガスや電気の支払いはすませましたか。」
B「いえ、まだですが。昼休みの（とき・あいだ）にちょっと行って来ます。」
3 電話をする（とき・あいだ）は電話番号をよく確かめてから、かけなさい。
4 A「大変です。子供が迷子《まいご》になってしまいました。」
B「いつのことですか。」

A「私がちょっと電話をしている（とき・あいだ）にいなくなったんです。」
C「……もしもし、このお子さんはあなたのお子さんじゃありませんか。」
A「まあ！　そうです。どうもありがとうございました。御迷惑をおかけして。」
C「いいえ。困った（とき・あいだ）はお互《たが》いさまですから。」

〔二〕＊あたり

1　**大体の程度**

用法——名詞（とき、ところ、人、ようす）＋あたり

意味——物事の目安《めやす》、漠然《ばくぜん》と事実や出来事を表す。

⑴ ひょっとすると来年あたり海外へ飛ばされるかもしれない。

⑵ おまえあたりが一番可能性がある。

⑶ 絶版になった本を捜すんだったら、神田あたりの古本屋へ行ってみたらどうですか。

⑷ この人について、何かお心あたりはありませんか。

〔三〕＊うえ・うえに・うえで

1　**方面・分野**

用法——名詞＋の＋うえ・うえで

意味——関係、点、面、場合のような言葉で置き換えられ、ある限定された方面や分野を表す。

⑴ 仕事のうえでは非の打ちどころがない。

⑵ 山本君とはスポーツのうえでのライバルになった。

(3) 酒のうえでの口論《こうろん》が絶えない。
(4) 身の上を話す。

2 追加

用法——名詞＋の＋うえに、イ・ナ形容詞(現在・過去形)＋うえに、動詞(現在・過去形・テ＋イル形)＋うえに

意味——従属節に主文の状態が加《くわ》わることを表す。「さらに」のような語で言い換えられる。

(1) 言葉ができるうえに能力もあるときているから、出世《しゅっせ》するだろう。
(2) 道に迷ったうえに雨にまで降られた。
(3) 値段が高いうえに物が古いのだから売れるはずはない。
(4) 新しいワープロは簡単なうえに、スピードも速い。
(5) 会社にはトラックが三台ある。その上(に)車が五台もある。
(6) 老朽化《ろうきゅうか》の上にコスト高《だか》が加《くわ》わって、鉄鋼《てっこう》業界の直面する問題は大きい。
(7) この質問は困難な上に適切でないから、削除《さくじょ》しましょう。

3 時点

用法——名詞＋の＋うえ(で)、動詞(過去形)＋うえ(で)

意味——ある行為《こうい》をしてから次の行為《こうい》に移ることを表す。「…てから」という意味。

(1) 詳しいことはお目にかかったうえで、また御相談いたしましょう。
(2) この書類に御記入のうえで、係員の所までおいで下さい。
(3) 野菜は五分間煮《に》たうえで味をつけます。

4　**場合・条件・決意**

用法――動詞（過去形）＋うえは

意味――ある状態が決定的である場合を表して、取るべき態度を述べる時に使用する。

(1)　大学を受験すると決めたうえは、悔《く》いのないようにしっかりやろう。

(2)　期日に間に合わないと分かったうえはあわてても仕方がないでしょう。

(3)　かくなるうえは、致し方ない。（例外―動詞（現在形）。文語的表現。）

練習問題〔三〕

一　次の文を読んで、（　　）の中に正しい助詞を入れなさい。必要でなければ、×を入れなさい。

1　日本語は平仮名、片仮名のうえ（　　）漢字があるから、大変だ。

2　留学するうえ（　　）それだけの準備がいるでしょう。

3　印鑑《いんかん》を押す場合、よく内容を読んだうえ（　　）押すものです。

4　日本は島国であるうえ（　　）、天然《てんねん》資源にも乏《とぼ》しいときている。

5　自分の子供が三人ある。そのうえ（　　）、スミスさんには養子《ようし》として育てている子供が五人もいる。

6　もう二度と結婚しないと決めたうえ（　　）そのつもりで、将来のことを考えていかなければならない。

7　泥棒《どろぼう》に入られたうえ（　　）、自動車事故まで起こすなんて、もう踏《ふ》んだり蹴《け》ったりだ。

二　次の文を読んで（　　）の中に「うえ」、「うえに」、「うえは」、「うえで」のうちで、一番適当なものを選んで入れなさい。

1　何でもよく考えた（　　　）決めるべきだ。
2　話の（　　　）了解《りょうかい》がついているはずです。
3　だまされた（　　　）金までとられて、泣き面《つら》に蜂《はち》とはこのことだ。
4　花子さんは美人で、その（　　　）頭もいい。
5　古い（　　　）汚いアパートだから、どんなに安くても借り手がつかない。
6　すべての条件を充分に検討した（　　　）この契約書《けいやくしょ》にサインをしてください。
7　合格・不合格は最終《さいしゅう》の面接の（　　　）決められる。
8　こうなった（　　　）どうにでもなれと言った心境《しんきょう》ですよ。
9　日本では酒の（　　　）起こったことは見逃《みのが》されることが多い。
10　やると言った（　　　）どんなことがあってもやる。

三　次の文を、「うえ」、「うえで」、「うえに」、「うえは」のうち、一番適切な形を使って、同じ意味の文に書き直《なお》しなさい。

1　生活態度を変えて、もう一度やり直《なお》すと決めたからには、全力投球《ぜんりょくとうきゅう》して頑張る。
（　　　　　　　　　　　　　　　　　　　　　）
2　このことについてはほかの者とも相談してから、ご報告いたします。
（　　　　　　　　　　　　　　　　　　　　　）
3　新しく購入した機械は生産性が優秀で、さらにいいことには故障も少ない。

4　（あの人とは仕事の面だけの付き合いで、私生活については詳しいことはよく知らない。）

5　（やると言ったからには、やるしかないんです。）

6　（この企画書《きかくしょ》をよく読んで、後《のち》ほどもう一度集まりましょう。）

〔四〕＊うち・うちに・うちで

1　**時間の限定**

用法――名詞＋の＋うち（に）、ナ・イ形容詞（現在形）＋うち（に）、動詞（現在形）＋うちに

意味――環境や状況の変化を前提《ぜんてい》として、ある限られた時間の範囲《はんい》内に主文の動作が起こることを言う時に使う。「…する前」と同じ意味。

(1) 近いうちに引っ越します。

(2) 寒くならないうちに冬ぶとんを出しておきましょう。

(3) 朝のうちは雨が残るでしょう。

(4) 働けるうちに財産を作っておかないと老後が心配だ。

(5) 試合はもう三日のうちに迫《せま》っている。

(6) 人はみんな有名なうちはちやほやするものです。

【注】「うちに」構文の主文の動詞は、通例《つうれい》、動作動詞が来る。「うちは」の後には、通例《つうれい》、状態動詞が来る。

（正）涼しいうちに片付ける。　　（誤）涼しいうちは片付ける。
（正）涼しいうちは家にいます。　（誤）涼しいうちに家にいます。

2　範囲《はんい》・限度内

用法——名詞＋の＋うち（に・で）、ナ・イ形容詞（現在・テ＋イル形）＋うち（に・で）、動詞（現在・過去・テ＋イル形）＋うち（に・で）

意味——時間に関係なく範囲《はんい》・限度内であることを示す。動詞の「入る」や「数えられる」を伴《ともな》うことが多い。

(1) 僕のフランス語なんか話せるうちには入らないよ。
(2) あのひとなど玄人《くろうと》のうちには入らないよ。
(3) この試験は難しいうちに数《かぞ》えられない。
(4) あんな小さな魚なんか、釣《つ》ったうちに入らない。
(5) 皆さんのうちで、だれが一番日本語が上手でしょうか。
(6) このパイナップルは私がいままで食べたうちでは、一番おいしい。

練習問題〔四〕

一　次の問題を読んで（　）の中から一番よいものを選んで〇で囲《かこ》みなさい。

1　学生の（うち・うちは・うちで・うちに）とにかく勉強がかんじんです。
2　この玩具《がんぐ》は珍しい（うち・うちは・うちで・うちに）もてはやされたが、今は全《まった》く顧《かえり》みられもしない。

3　ここから次のバスの停留所までの（うち・うちは・うちで・うちに）スーパー・マーケットが五軒もある。
4　二、三日の（うち・うちは・うちで・うちに）は出来ると思います。
5　日本の政治家の（うち・うちは・うちで・うちに）だれが魅力的ですか。
6　こんな小さなトマトはトマトの（うち・うちは・うちで・うちに）入らない。
7　私が飲んだビールの（うち・うちは・うちで・うちに）は、キリンがおいしかったと思います。

二　次の文を読んで（　）の中に「うちに」、「うちは」、「うちで」の中で一番適当なものを選んで入れなさい。

1　あのぐらいのハンディではプロ・ゴルファーの（　　　）入らない。
2　先進諸国の（　　　）国連の常任《じょうにん》理事国になっているのはどこの国ですか。
3　よく分からない（　　　）黙って聞きなさい。
4　夜の（　　　）東京を出れば、朝までには博多《はかた》に着きます。
5　やってしまった事の重大さを認識しない（　　　）許すわけにはいかない。
6　私が先生と話している（　　　）貞男《さだお》は黙って帰ってしまった。

三　意味が分かるように上下の語句を結びなさい。

1　朝のうちは（　　）　　a　苦労を苦とも思わず、頑張れる。
2　朝のうちに（　　）　　b　洗濯《せんたく》をしてしまおう。
3　若いうちは（　　）　　c　雨でしょう。

4　若いうちに（　）　d　仕事を全部片付けてしまいなさい。
5　雨が降らないうちに（　）　e　水不足が続く。
6　雨が降らないうちは（　）　f　体を鍛《きた》えておきなさい。
7　三人のうちで（　）　g　だれが一番背が高いですか。

四　次の文を読んで正しいと思われるものには○を、誤り・不自然と思われるものには×をつけて、正しい文に直《なお》しなさい。

1　日本にいるうちに、日本文化について学《まな》ぼうと思う。（　）
（　　）
2　あなたが電話をかけているうちに、ここで待っています。（　）
（　　）
3　林さんを待っているうちに寝《ね》てしまいました。（　）
（　　）
4　田中さんが帰らないうちは、部屋を全部きれいにしておいてください。（　）
（　　）
5　天気がいいうちに、洗濯物《せんたくもの》が干してあります。（　）
（　　）

五　次の文を「うちに」を使って言い換えなさい。

1　赤ちゃんが起きると、何もできないから、起きる前に仕事をしてしまおう。（　　）

2　皆が気が付く前に、一人で全部食べてしまった。（　　）

3　あんな弱い横綱《よこづな》なんて、横綱《よこづな》とは呼べない。（　　）

4　就職すると、どこへも行けなくなるから、就職する前にいろいろな所へ旅行したい。（　　）

5　年を取ると記憶力が弱くなるから、そうなる前に回想録《かいそうろく》を書いておこうと思っている。（　　）

6　あの人が話す中国語なんて、ひどいもんだ。（　　）

〔五〕

＊おき・おきに

1　**時・動作の間隔《かんかく》**

用法——数詞＋おき（に）

意味——同じ動作や状態が繰り返される場合に数を表す言葉に続いてその間隔《かんかく》を表す。「に」を伴《ともな》って副詞的に使われる事が多い。

(1)　この薬は三時間おきに飲んでください。

(2)　私は一日おきに風呂に入ります。

(3) 一メートルおきに球根《きゅうこん》を植えてください。
(4) 一時間おきに時計が鳴ります。

【注】「三時間おきに、薬を飲む。」ということは、「三時間ごと」と似ているが数の数《かぞ》え方が違ってくる。例文(1)を「ごと」を使用して同じ意味を表すには「この薬は四時間ごとに飲んでください。」のように言う。

練習問題〔五〕

一 次の文を読んで「おき」「ごと」のうち、正しい方を入れなさい。

1 オリンピックは三年（　　）、つまり四年目（　　）に開催される。
2 薬は四時間（　　）、つまり三時間（　　）に飲んでください。
3 あなたは毎日髪を洗いますか。いいえ、毎日ではありません。一日（　　）です。
4 試験はありますか。はい、学期末（　　）に年二回あります。
5 国際貿易収支《しゅうし》は三カ月（　　）に、つまり、年《ねん》四回発表されます。

〔六〕 *おり・おりに

1 時　点

用法――名詞＋の＋おり、イ・ナ形容詞（現在形）＋おり、動詞（現在・過去・テ＋イル形）＋おり

意味――「折りめ」として外と区別される特別の時を表す。口語文にはあまり使われない。

(1) 帰省の折に偶然、小学校の先生に会った。

(2) 寒さ厳しき折から、御身《おんみ》をお大切に。
(3) 上京の折には、いろいろとお世話になりました。
(4) 資源節約《せつやく》が叫《さけ》ばれている折、われわれの未来がこれから一体どのようになっていくのか、じっくり考えてみるべきだ。
(5) 資金の入手《にゅうしゅ》が困難な折から、御苦労のほどをお察《さっ》し申し上げます。

練習問題〔六〕

一　意味が分かるように上下の語句を結びなさい。

1　不景気の折から、（　）
2　水不足が深刻になっている折（　）
3　本書《ほんしょ》出版の折には、（　）
4　日本語がブームになっている折から（　）
5　残暑厳しき折、（　）
6　念願がかないました折には（　）

a　節水《せっすい》に御協力ください。
b　どうぞ、くれぐれもご自愛《じあい》くださいませ。かしこ。
c　有能な日本語教育者の必要性が叫《さけ》ばれている。
d　業務を縮小《しゅくしょう》することになった。
e　ひとかたならぬお世話になりまして、誠《まこと》に有難うございました。
f　必ずや、御礼《おんれい》にまいります。

〔七〕

＊かた

1 尊敬

用法──名詞＋の＋かた、イ・ナ形容詞（現在・過去形）＋かた、動詞（現在・過去・テ＋イル形）＋かた。「形容詞の過去形＋かた」はまれ。

意味──婉曲《えんきょく》な言い方で人間の様子や状態を表す結果、尊敬を表す表現になる。

(1) あの方に道を聞かれました。
(2) お急ぎの方は三番の窓口にお申し込みください。
(3) 分からない方は御遠慮なくおっしゃってください。
(4) あの背の高い方が弟さんですか。
(5) たまにはおすしが嫌いな方もいらっしゃいます。
(6) おいでになった方々は皆様紳士《しんし》淑女《しゅくじょ》のようです。

2 方法

用法──動詞（連用形）＋かた

意味──やり方、方法を表す。

(1) 漢字の書き方を教えて下さい。
(2) 使い方をよく読んでから使用のこと。
(3) 分かりやすい文はたいてい論理の運び方が一貫している。

練習問題〔七〕

一（　）の中の言葉を「かた」を使って正しい形にして文を完成しなさい。

1 日本語を勉強し始めたころは、（　　　）が分からなくて困りました。（する）

2 （　　　）のお名前はなんとおっしゃいましたでしょうか。（あの人）

3 うなぎの（　　　）には何か特別なこつがあるようです。（捕《つか》まえる）

4 今年こそ（　　　）を習って海に行こう。（泳ぐ）

5 （　　　）にもくれぐれも宜《よろ》しくお伝えくださいませ。（親戚の人）

6 最近の若者は言葉の（　　　）を知らないようだ。（使う）

7 日本人のなかにはフランス料理は（　　　）が難しいから嫌いだという人が少なくない。（食べる）

〔八〕　がち・がちに・がちな

1　好《この》ましくない状態・傾向

用法——名詞＋がち、動詞（連用形）＋がち

意味——好《この》ましくない状態・傾向を表す。「連用形＋ぽい」は「連用形＋やすい」と言い換えられる場合もあるが、「やすい」は「簡単に」という副詞を伴《ともな》うことが多く、状態とか動作が起こりやすい傾向を表す。「やすい」には否定的な意味はなく、「ぽい」は好《この》ましくない状態を表す。「がち」のまえに来る名詞は動詞に基づくものに限られ、「が

ち」は「ぽい」で置き換えられる場合もある。

(1) このところ病気がちで、家にこもっている。

(2) 雨の日が続くと家にこもりがちだが、健康上は好ましくない。

(3) このところ電車は遅れがちです。

(4) はっきりしない曇《くも》りがちの空。

練習問題〔八〕

一 次の文を読んで、「がち」、「やすい」、「ぽい」のうちから一番適切なものを選んで、正しい形にして入れなさい。

1 日本人は海外にでると日本人だけと付き合い（　　）、なかなか現地の人にとけ込まないようです。

2 人は新しくて物珍しいものに飛びつき（　　）。

3 何かちょっと失敗すると自信を失って、引っ込み思案《じあん》になり（　　）です。

4 長い間、掃除をしていないので、この部屋はほこり（　　）。

5 若いものにあり（　　）性急《せいきゅう》な決定が間違いのもとになる。

6 夏の暑い日には入道雲《にゅうどうぐも》が出て雨になり（　　）。

7 年を取ると物事を忘れ（　　）になる。

8 最近は皆贅沢《ぜいたく》になって、ちょっと古くなったり、汚くなったりしただけで、捨ててしまい（　　）のは憂《うれ》うべきことだ。

9　思春期《ししゅんき》にはやさしいことでも難しく考え（　　　）、一人で悩《なや》んだうえ、自殺してしまうというケースが多々《たた》ある。

10　あの人はとても忘れ（　　　）から、何度言っても言い過ぎることはない。

〔九〕

＊くせに

1　非難

用法——名詞＋の・だった＋くせに、イ・ナ形容詞（現在・過去形）＋くせに、動詞（現在・過去・テ＋イル形）＋くせに

意味——非難する気持ちを表す。逆接表現「のに」と似ているが、「のに」よりも強く皮肉、非難の気持ちが強い。

(1)　学生のくせに学校へも行かないで、遊んでばかりいる。

(2)　昔は共産《きょうさん》党員だったくせに、いまはコチコチの右翼《うよく》だ。

(3)　あの人は体が大きいくせに力がない。

(4)　元気なくせに働こうとしない。

(5)　大学を出たくせに、こんなやさしいことも分からないとは情《なさ》けない。

(6)　金があるくせに、けちだ。

(7)　分かっているくせに、教えてくれない。

練習問題〔九〕

一　次のア～キの中から一番よいものを選んで文を完成しなさい。

ア 嫌いなくせに　イ 御飯を三杯も食べたくせに　ウ 子供のくせに　エ 犬のくせに
オ 人間のくせに　カ 長男《ちょうなん》のくせに　キ 知っているくせに

1 （　）もうお腹《なか》がすいたんですか。
2 （　）教えて上げようとしないのは意地悪《いじわる》です。
3 （　）無理に好きなふりをしなくてもいいですよ。
4 （　）大様《おおよう》なところがない。
5 （　）大人の話に口を出してはいけません。
6 （　）洋服を着て、帽子をかぶっている。

二 （　）の中に「くせ」を使った表現を入れなさい。

1 学生（　　　　）、勉強しないとは何事《なにごと》だ。
2 毎週教会に行く（　　　　）余りいい信者とは言えない。
3 顔は美しい（　　　　）声は聞かれたものじゃない。
4 あの人の言うことは嘘《うそ》ばかり（　　　　）、自分では、一生に一度も嘘《うそ》をついたことはないと言っています。
5 男というものは、好きでもない（　　　　）美人とみれば好きだ好きだという習性がある。
6 ティーン・エイジャーの女の子は好き（　　　　）「好き」とは言わないものです。

三 次の文を完成しなさい。

1　女のくせに（　　　　　　　　　　　　　　　　）。
2　分かっているくせに（　　　　　　　　　　　　）。
3　学生のくせに（　　　　　　　　　　　　　　　）。
4　出来なかったくせに（　　　　　　　　　　　　）。
5　暇なくせに（　　　　　　　　　　　　　　　　）。

〔一〇〕*ぐらい（くらい）

1　**最低の限度・基準**

用法――数詞・名詞・指示名詞＋ぐらい、イ・ナ形容詞（現在形）＋ぐらい、動詞（現在形）＋ぐらい

意味――大体の数量や、例を出して、最低の程度・基準を表す。「どんなに少なく・最低を見積っても」という気持ちが込められているので、謙遜《けんそん》・軽視するようなニュアンスがある。この場合、同じ程度を表す「ほど」とは言い換えられない。また、この用法の「ぐらい」の前には否定形が来ない。

(1)　そんなに飛び抜けてうまくなくてもいいんです。彼ぐらいで十分なんです。
(2)　風邪《かぜ》ぐらいなんでもありません。
(3)　若い者が恋人ぐらい持たないで、どうするんですか。
(4)　警官「どのぐらいお酒を飲んだんですか。」
男「このぐらいです。」
警官「このぐらいじゃわかりませんね。はっきり言いなさい。」

(5) 男「コップ一杯ぐらいですよ。」

この土地は二百坪《つぼ》ぐらいあります。(この土地はどんなに低く見積っても二百坪《つぼ》はあるでしょう。)

【注】「最低の程度」、「軽視」等の意味を込めないときは、「ほど」と置き換えられる。ただし、「ほど」には最高の程度という意味があるので、否定形と一緒に使われた時は、驚き・感嘆《かんたん》のニュアンスが込められることが多い。

(例) これぐらいのロボットはだれにでも作れる。(軽視)

これほどのロボットはだれにも作れない。(感嘆《かんたん》)

(6) 近い将来英語が話せるぐらい当たり前のことになるでしょう。

(7) 今時《いまどき》、自動車を運転するぐらいなんでもない。

(8) 最低、年二回健康診断を受けるぐらいみんな体に注意している。

(9) 家具は少し古いぐらいのほうが落ち着きがあっていい。

2 例 示

用法——イ・ナ形容詞(現在形)+ぐらい、動詞(現在・過去形)+ぐらい

意味——ある事柄の状態・動作の程度をただ単に例を使って表す。特別に軽視のニュアンスが入っていないことから、「ほど」「ばかり」と言い換えられる。

(1) 遅刻しないようにうるさいぐらいに注意しても、まだ遅れる学生がいるんです。

(2) 休む暇がないぐらい働きます。

(3) 体のためには、泳ぐぐらいのことはした方がいいですよ。

3　慣用的表現

a　最高の限度

用法——「名詞＋ぐらい…もの・こと＋は＋ない」

意味——最高の程度を表す。「ほど」と言い換えられる。

(1) 富士山ぐらいきれいな山はない。

(2) アベベぐらい早く走れる選手はいない。

(3) これぐらい珍しい物を見たことがない。

b　強調

用法——「…ぐらい＋なら(ば)・だったら」

意味——極端な例を出して、強調する。

(1) あんな人と結婚するぐらいなら、ひとりのほうがずっとましだ。

(2) 下手なぐらいなら、しないほうがいい。

(3) 音楽が鑑賞《かんしょう》出来ないぐらいなら、死んだ方がましだ。

練習問題〔一〇〕

一　例文a～dの「ぐらい」の使い方と同じ文を捜して、（　　）の中にそれぞれa～dを入れなさい。

a　あの人ぐらいのんきな人はいない。（最高）

b　それはりんごぐらいの大きさです。（基準の例示）

c　風邪《かぜ》ぐらいなんでもありません。（軽視）

d あんな人と結婚するぐらいなら、しない方がいい。（強調）

1（　）「アフリカの女王」という宝石《ほうせき》は握《にぎ》りこぶしぐらいのダイヤモンドだそうですよ。

2（　）医術がこれだけ発達した今日このごろでは、盲腸炎《もうちょうえん》ぐらいなんでもありません。

3（　）自己の信条《しんじょう》に反して、戦わせられるぐらいなら、亡命《ぼうめい》するつもりだ。

4（　）金がないぐらいで、自分を卑下《ひげ》する必要はない。

5（　）お腹《なか》を抱《かか》えて笑うぐらいの映画を御存知じゃありませんか。

6（　）試験は少し難しいぐらいが適当ではないでしょうか。

7（　）あれぐらい毎日練習すれば、うまくなるはずですよ。

8（　）戦後の首相のなかで、佐藤栄作《えいさく》ぐらい長期にわたって政権の座にいた政治家はいない。

二 例に従って、「ぐらい」を使って文を書き換えなさい。

【例】友達が大勢《おおぜい》来て、家がいっぱいになりました。

（答）家がいっぱいになるぐらい、友達が大勢来ました。

1 日米間の貿易問題がこじれて、中曽根《なかそね》首相はワシントンに飛んで行きました。
（　　　　　　　　　　）
2 御飯なんて一人で炊《た》けます。
（　　　　　　　　　　）
3 あの先生はこの学校で一番厳しい人です。
（　　　　　　　　　　）

4　まずい物を食べるよりは、食べない方がましだ。
（　　　　）

5　雨がたくさん降ったから、新幹線が止まりました。
（　　　　）

6　漢字を書くのはだれにでも出来ます。
（　　　　）

〔二〕こと

1　体言化

用法——名詞＋の・だった＋こと、イ・ナ形容詞（現在・過去形）＋こと、動詞（現在・過去・テ＋イル形）＋こと

意味——文や句を体言化して抽象的な事柄や概念を表す。

(1) あなたにとって人生で一番大切なことは何ですか。
(2) ちょっとしたことがもとで議会が混乱に陥《おちい》った。
(3) 物事には言って良いことと悪いことがあります。
(4) 世界のことを学《まな》ぶために小学校から地理の勉強をします。
(5) 長いことお目にかかりませんでした。
(6) あの人のことが忘れられない。
(7) ランゲージ・ラボに行っても授業に出たことにならない。

【注】「もの」、「の」との違いで、比較的はっきりしている点をあげると次のような事が言える。

a 述部に可能性・正否《せいひ》・評価・感情・思考を表す言葉が来るとき、主部には「こと」、「の」のどちらでもよい。

（例）当然だ、真実だ、正しい、うそだ、いやだ、うれしい、悲しい

（正）新聞に書いてあることは真実だ。

（正）新聞に書いてあるのは真実だ。

b 述部が知覚（視覚・感覚）を表す場合「こと」は使えない。

（例）見える、聞こえる、感じられる

（正）子供が泣いているのが聞こえる。

（誤）子供が泣いていることが聞こえる。

c 強調構文の場合は「の」しか来ない。

（例）私は昨日田中さんに会いました。

強調構文

（正）私が昨日会ったのは田中さんです。

（誤）私が昨日会ったことは田中さんです。

d 「XはYだ」の構文で、X・Yの両方に体言化されたものが来る場合、Yのところには「こと」が使えて「の」は使えない。

（正）常に真実を語ること・のは大切なことです。

（誤）常に真実を語ること・のは大切なのです。

e 実質名詞の「こと」は抽象的な事柄を表し、「もの」は具体的な事物を表す。

（例）働くことはいいことだ。

何か書くものはありませんか。

2 慣用的表現

a 過去の経験

用法――動詞（過去形）＋ことがある
意味――過去の経験を表す。
(1) あなたは海外旅行をしたことがありますか。
(2) 私はあの人ほど素晴らしい人に会ったことはありません。
(3) たまに朝御飯を食べなかったことがある。
(4) このレストランはスパゲッティが辛《から》過ぎたことがある。

b　動作・状態が起こること

用法――動詞（現在形）＋ことがある
意味――時々、ある動作・状態が起こることを表す。
(1) 朝早く起きることもあるんですよ。
(2) 地震が起こっても全然感じないことがあるんだそうです。

c　全面否定

用法――動詞（現在肯定形）＋ことはない
意味――決して起こらないことを表す。
(1) 私は朝寝坊だから、朝ジョギングをすることはありません。
(2) 私は決して友情を裏切ることはありません。

d　部分否定

用法――動詞（現在否定形）＋ことはない
意味――「時々＋肯定」と同じになる。
(1) 新宿は好きじゃないが行かないことはない。

(2) 漢字は難しいけれど面白くないことはない。
(3) 発展途上国《とじょうこく》は工業化が遅れているが人々が幸せじゃないことはない。

e 可能・不可能
用法——動詞（現在形）＋ことができる・ことはできない
意味——可能・不可能を表す。
(1) 千円で昼御飯を食べることが出来ます。
(2) 信頼してくれる人を失望させることは出来ない。

f 物事の決定の結果
用法——動詞（現在・過去形）＋ことになる
意味——主体の意志以外のところで決定される、または決定された結果を表す。
(1) 来年の三月を以《もっ》て卒業することになりました。
(2) 今度結婚することになりました。
(3) 雨天《うてん》のため、運動会は行われないことになりました。
(4) これで、全部終わったことになります。
(5) これでは、仕事をしたことにならないではありませんか。

g 意志による決定
用法——動詞（現在・過去形）＋ことにする
意味——主体の意志によって決定されることを表す。
(1) 就職することにしました。
(2) 内閣は減税法案《げんぜいほうあん》を提出しないことにしました。

(3) これで、一応終了《しゅうりょう》したことにしましょう。

h　**予定**

用法——動詞（現在形）＋ことになっている

意味——予定を表す。

(1) 今日はスミスさんと三時に会うことになっている。

(2) 来年日《にっ》ソ漁業協定が更新《こうしん》されることになっている。

i　**規則・習慣**

用法——動詞（現在形）＋ことにしている

意味——規則・習慣を表す。「ことにしている」は否定形にならない。

(1) 道子さんは自分で夕飯を作ることにしています。

(2) 小遣《こづか》いは毎月三万円を越さないことにしている。

j　**忠告・命令・主張**

用法——動詞（現在形）＋ことだ・ことはない

意味——忠告・命令または主張を表す。

(1) 休みには勉強のことなど忘れて、十分に楽しむことだ。

(2) 人の陰口《かげぐち》は言わないこと。

(3) そんなことで悩《なや》むことはありません。

(4) 芝生《しばふ》に入らないこと。

(5) 平和のためには核《かく》実験を止めることだ。

k　**詠嘆《えいたん》・感嘆《かんたん》・驚異《きょうい》**

用法――イ・ナ形容詞（現在・過去形）＋ことだ、動詞（現在・過去形）＋ことだ

意味――感心したり、驚いたりする気持を表す。

(1) またお目にかかれるなんて、なんて嬉《うれ》しいことでしょう。

(2) 冬の海に落ちて、よく心臓《しんぞう》マヒで死ななかったことだ。

(3) やれやれ、本当に手のかかることだね。

l　**伝聞**

用法――名詞＋だ・だった＋ということだ・とのことだ、イ・ナ形容詞（現在・過去形）＋ということだ・とのことだ、動詞（現在・過去・テ＋イル形）＋ということだ・とのことだ

意味――伝え聞いたことを表すが、直接の引用という感じが強い。「とのことだ」は主《おも》に書き言葉として使う。

(1) 石油の価格は近いうちに持ち直《なお》すであろうということだ。

(2) 昨日の台風のために九州では大変な被害があったとのことです。

(3) 社長は今日は御出勤《しゅっきん》にはならないとのことです。

m　**説明**

用法――名詞＋ということです、イ・ナ形容詞（現在・過去形）＋ということです、動詞（現在・過去・テ＋イル形）＋ということです

意味――「…という意味だ」のように説明を表す。

(1) パソコンというのはパーソナル・コンピューターということです。

(2) 語学が出来るというのは必ずしも頭が良いということではありません。

(3) 日本人が「はい」と言っても「Ｙｅｓ」ということではありません。
(4) 面白かったといっても、ためになったということではありません。

n **強調**

用法――名詞＋なことは＋名詞＋だが、イ・ナ形容詞（現在・過去形）＋ことは＋イ・ナ形容詞（現在・過去形）＋（だ）が、動詞（現在・過去＋テ＋イル形）＋ことは＋動詞（現在・過去・テ＋イル形）＋が

意味――強調を表す。この場合、同一構文中に現れる名詞、形容詞、動詞は同一《どういつ》のものであるか、または、同意義のものでなければならない。

(1) あの人は、学生なことは学生ですが、アルバイトばかりに精を出しています。
(2) 予習をしたことはしたんですが、まだよく内容がつかめないんです。
(3) 手伝うことは手伝いますが、あまり期待しないでくださいよ。

o **感情の強調**

用法――感情を表すイ・ナ形容詞（現在・過去形）＋ことには、感情を表す動詞（現在・過去形）＋ことには

意味――話し手の意志にかかわらず起こった事柄に対して、感情を強調して表す。

(1) 困ったことには、今、金の持ち合わせがないんです。
(2) 嬉《うれ》しいことには、明日旧友《きゅうゆう》に会えるんです。
(3) まずいことには、さぼって、コーヒーを飲んでいるのを課長に見られてしまったのだ。

練習問題〔二〕

一 「ことにする」、「ことになる」のうち適当な方を使って、文を完成しなさい。

1 来年、いろいろないきさつから離婚する（　　　）。

2 それぞれの国の事情を考慮《こうりょ》に入れて、各国首脳《しゅのう》はこの度《たび》のサミットでは共同声明《せいめい》を発表しない（　　　）。

3 よりよい教育を目指《めざ》して、来学期から新しいコース編成《へんせい》をする（　　　）。

4 成績の良い学生が経済的理由で、大学を中退《ちゅうたい》する（　　　）のは悲しいことです。

5 この計画は残念ながら中止という（　　　）いただけませんか。

6 ブラブラしていても、仕方がないので、働く（　　　）。

二 次の文の傍線部《ぼうせんぶ》を「こと」の文型を使って同じ意味になるように、書き換えなさい。

1 ビルの建設現場から発掘《はっくつ》された弥生《やよい》時代の遺跡《いせき》は重要文化財として保存が決まりました。

（　　　）

2 私は毎日必ず冷水摩擦《れいすいまさつ》をする習慣にしています。

（　　　）

3 『源氏物語《げんじものがたり》』を読みました。

（　　　）

4 日本語が難《なん》なく読めるようになるには、やはりある程度年月《ねんげつ》がかかるでしょう。

（　　　）

5　日本政府はアフリカの飢《き》餓《が》救《きゅう》援《えん》のために、百億ドルを供《きょう》出《しゅつ》する決定を下しました。
（　　　）

6　東京は本当に人も車も多くて疲れますねえ。
（　　　）

7　次回《じかい》のオリンピックは韓国《かんこく》で開催《かいさい》される予定です。
（　　　）

8　私はよく本を読んで、夜ふかしをします。
（　　　）

9　今度の芥川《あくたがわ》賞は該当者《がいとうしゃ》無しだそうですよ。
（　　　）

10　日本では終身雇用制度が採用されているといっても、全《すべ》ての企業でそうなっているわけではありません。
（　　　）

11　人生は短いのですから、くだらない事で悩《なや》んだりするものじゃありません。
（　　　）

三　（　）の中の言葉を使って「こと」の慣用的表現の中から、意味の上で一番適切なものを選んで、正しい形に直《なお》して入れなさい。

1　山本「田中さん、あなたは蛙《かえる》を（　　　　）（食べる）か。」
田中「いや、ありませんよ。気持ちが悪い。そういうあなたはどうなんですか。」

山本「ええ、まあ、（　　　）（食べる）（　　　）（食べる）が、あまり旨《うま》いもんじゃありませんでしたねぇ。」
田中「私は得体《えたい》の知れないものは決して口に（　　　）（しない）。これは我が家の家訓《かくん》です。」
山本「家訓《かくん》とは（　　　）（おおげさ）ですな。」

2

社員「明日はどうなさるおつもりですか。九時の会議に（　　　）（出席する）か。」
社長「ああ、出来るよ。でも十時からの会議にも顔を（　　　）（出す）いるから、長引《ながび》くようだったら、お先に（　　　）（失礼する）と思うがね。」
社員「はい、それは結構ですので、宜《よろ》しくお願いします。」

3

A「（　　　）（愛する）は（　　　）（生きる）だなんてだれかが言っていませんでしたか。」
B「そんなキザな話、（　　　）（聞く）がない。」

4

A「私は、この度《たび》、社命により、九州支店に（　　　）（転勤する）。」
B「ああ、それは（　　　）（大変）ですね。それで、ご家族は……。」
A「（　　　）（連れて行きたい）は行きたいんですが、子供の学校の事があるので、家内ともいろいろ相談した結果、一人で（　　　）（行く）。」
B「それは、それは（　　　）（御苦労）ですね。」
A「（　　　）（困る）、私は料理が出来ないんですよ。」
B「それでは、酒を飲み過ぎたり、偏食《へんしょく》したりしないように（　　　）（気を付ける）ね。」
A「ええ、ご忠告ありがとう。」

四　（　　）の中に「こと」、「もの」、「の（のっ）」の中で、一番適当なものを入れなさい。解答は一つだけとは限らない。

1　困ったときはだれでも途方《とほう》にくれる（　　　　）です。
2　スミスさんが言った（　　　　）は正しい。
3　日本が今、速《すみ》やかにしなくてはいけない（　　　　）は市場《しじょう》の開放です。
4　テストの前に勉強した（　　　　）、しない（　　　　）て、もう徹夜《てつや》でしたよ。
5　朝早く起きるといろいろな鳥が鳴いている（　　　　）が聞こえます。
6　子供の時はいつも学校へ歩いて行った（　　　　）です。
7　本当に自分で納得《なっとく》出来ない（　　　　）はしない（　　　　）です。
8　私が食べた（　　　　）はてんぷらです。
9　構内入場の際は必ず受付で名前を書く（　　　　）。
10　市民団体は平和希求《ききゅう》の決意を明確なものにするために記念碑《きねんひ》を建てる（　　　　）にしました。
11　アフリカ諸国は飢餓《きが》対策として共同基金を作る（　　　　）にしました。
12　今回の実験結果は単に基本的な理論を証明する（　　　　）で、本当の成果はこれからという（　　　　）になると思います。
13　今まで嘘《うそ》を言った（　　　　）がないなんて大嘘《おおうそ》です。
14　子供が迷子《まいご》になって泣いている（　　　　）を見ました。
15　私は健康のために毎朝トマト・ジュースを飲む（　　　　）にしています。
16　京都にあって、東京にない（　　　　）は何でしょう。

〔三〕 *しだい

1 原因・理由

用法——名詞＋しだい

意味——「しだい」の前に来る事柄、事情が原因になって事柄が決まることを表す。

(1) 言い方しだいでどうにでもなる。
(2) すべては君の決心しだいだ。
(3) あなたの気持ちしだいでこの問題は良くも悪くもなります。

2 時点

用法——名詞＋しだい、動詞（連用形）＋しだい

意味——「…するとすぐに」の意味で副詞的に使う。

(1) 都合がつきしだい、御返事いたします。
(2) 出来しだい、お届けします。
(3) 分かりしだい、連絡します。
(4) 香港《ホンコン》に到着しだい、すぐ連絡することになっています。

練習問題〔三〕

一 次の語群の中から一番適当なものを選んで文を完成しなさい。

イ あなたの心がけしだいです　ロ 陪審員《ばいしんいん》しだいだ　ハ すぐお知らせします

ニ　図書館へ行って勉強します　ホ　敵の出方しだいによる　ヘ　金しだい

1　連絡が入りしだい（　　　　　　　　　　）。
2　なにごとも旨《うま》く行くか行かないかは（　　　　　　　　　　）。
3　無罪になるかならないかは（　　　　　　　　　　）。
4　毎日、授業が終わりしだい（　　　　　　　　　　）。
5　こちらがどういう作戦に出るかは（　　　　　　　　　　）。
6　「地獄《じごく》の沙汰《さた》も（　　　　　　　　　　）。」

二　次の文を「しだい」を使って書き換えなさい。

1　家に着いたら、すぐ電話をください。
（　　　　　　　　　　　　　　　　）
2　結婚生活が幸福かどうかは相手によります。
（　　　　　　　　　　　　　　　　）
3　冷房をつけたら、忘れないで窓をすぐ閉めてください。
（　　　　　　　　　　　　　　　　）
4　どうなるかは、全て君の決心によって決まるんです。
（　　　　　　　　　　　　　　　　）
5　お金が入ったら、すぐ払いますのでお待ちください。
（　　　　　　　　　　　　　　　　）

〔三〕*じょう

1 原因・理由

用法――候《そうろう》文、等の中で前の文を受けて、その当然の結果として、次の文が成り立つことを示す。文語的表現。

意味――「によって」、「ゆえに」と同じ。

(1) 御尊父様《ごそんぶさま》にあらせられては、紫綬褒賞《しじゅほうしょう》を叙勲《じょくん》なされし条、お慶《よろこ》び申し上げます。

(2) 御実家《ごじっか》におかせられましては、道程《みちのり》が遠き候《そうろう》条、この問題は打ち捨ておかれし候《そうろう》。

〔四〕*せい

1 原因・理由

用法――名詞＋の・だった＋せい、イ・ナ形容詞（現在・過去形）＋せい、動詞（現在・過去・テ＋イル形）＋せい

意味――好《この》ましくない結果の原因及び理由を表す。責任を他人または外に転嫁《てんか》する気持ちがある。「おかげ」はよい結果の原因・理由、「ため」はよい結果、悪い結果、両方の原因・理由を表すが、責任を転嫁《てんか》するほどの強い意味はない。

(1) 親がこんなみじめな思いをするのも、みな、子供のせいです。

(2) 私が先生に叱《しか》られたのはあなたのせいです。

(3) 石油輸入価格の高騰《こうとう》のせいか諸物価の値上がりが目立つ。

(4) あの子が悪いことをするようになったのは友達が悪いせいです。

(5) 朝寝坊をするのは夜ふかしをするせいです。
(6) 今年は梅雨《つゆ》の来るのが早かったせいか春物の売れ行きが思わしくない。
(7) 食欲がないのは暑さのせいです。
(8) お腹《なか》が痛くなったのは食べ過ぎたせいです。

練習問題〔四〕

一 「せい」の使い方で良いと思うものには○を、そうでないと思うものには×を（　）の中に入れなさい。

1（　）先生によくできたと褒《ほ》められました。みんなあなたのせいです。

2（　）私が先生に叱《しか》られたのは、あなたのせいです。

3（　）戦争が起こるのは国家間の利害が衝突《しょうとつ》するせいだと思います。

4（　）母が家に居てくれるせいで、安心して仕事が出来ます。

5（　）これまで言いませんでしたが、あの子が自殺したのは学校でいじめにあっていたせいなんです。

二 次のa～jの中から、最も適当なものを選んで（　）に入れ、文を完成しなさい。

a はい、おかげさまで　　b 体重が五キロも減ってしまいました
c 胃がすっかり大きくなってしまいました　　d 私の子供は非行に走ったんです
e みな、妻と子供のためです　　f クラスの全員が悪く思われるのは心外《しんがい》です

g 手当《てあて》が間に合わず、亡くなってしまわれたそうです h 今年はいい収穫《しゅうかく》になりそうだ

i どうにか論文を書き上げることができました j 日本に来てから苦労ばかりしています

1 よい天候のおかげで、（　）。
2 友達が悪いせいで、（　）。
3 日本語が話せないばかりに、（　）。
4 私がこうして働いているのは、（　）。
5 気の毒に過疎村《かそそん》に住んでいたばかりに、（　）。
6 食べ過ぎたせいで、（　）。
7 ここ一週間が目が回るほど忙しかったせいで、（　）。
8 色々と手伝っていただいたおかげで、（　）。
9 お元気ですか。（　）。
10 あの人のせいで、（　）。

三 次の質問に（　）の中の言葉を使って答えなさい。「せい」は必ず使うこと。

1 どうして遅刻したんですか。（電車）
（　　　　　　　　　　　　　　　　　　　　）
2 なぜ今年は水不足なんでしょう。（雨が降らない）
（　　　　　　　　　　　　　　　　　　　　）
3 予習をきちんとして来なかったのはどういうわけですか。（忙しい）

（　　　　　　　　　　　　　　　　　　）
4　どうして風邪《かぜ》をひいたんですか。（昨晩、寒かった）
（　　　　　　　　　　　　　　　　　　）

〔五〕　そう・そうな

1　比《ひ》況《きょう》

用法――イ・ナ形容詞（語根）＋そう、可能・状態動詞（連用形）＋そう

意味――外見から判断して、実際に確かめたわけではないが、ある状態・様子の兆候《ちょうこう》が認められることを表す。話し手、それ以外の人の気持ちを推測《すいそく》する時にも、「そう」を使うことから、婉曲《えんきょく》の表現にもなる。形容詞「よい」と「ない」＋「そう」の場合は「よさそう」、「なさそう」になる。

(1)　母親は子供達のプレゼントを嬉《うれ》しそうに受け取った。

(2)　彼はいかにも丈夫そうな体をしている。

(3)　林さんはいかにも行く気がなさそうな返事をした。

(4)　あなたにはこの仕事は難しすぎてとても出来そうもありません。

(5)　だれかが見ていそうで落ち着かない。

【注】

1　名詞には「そう」はつかない。あるものを見て、それが「…である外観がある」と言いたい場合は「…のようだ」を使う。ただし、否定形には「名詞＋ではなさそうだ」がある。

（誤）あの人は会社員そうだ。

（正）あの人は会社員ではなさそうだ。

（正）あの人は会社員のようだ。

2 動詞につく「そうだ」の否定形は「…そうに(も)ない」の形になることが多い。イ・ナ形容詞の場合は、「…なさそう」、「…そうではない」のどちらでも良い。

（自　然）講義はまだ終わりそうに(も)ない。

（不自然）講義はまだ終わりそうではない。

2 予想

意味――眼前の外観や主観的な印象に基づいて、ある動作・作用が近い将来に実現する可能性があることに言及《げんきゅう》する。

用法――動作動詞(連用形)＋そう

(1) 早く水をやらないと、この花は枯れそうです。

(2) あの人は泣き出しそうな顔をしている。

(3) 小学生が今朝プールで、溺《おぼ》れそうになりました。

3 推測

意味――強い主観的な推測を表すことから、その場の状況や過去の経験・知識に基づいて「当然…であるはず」という気持ちのある推測。

用法――イ・ナ形容詞(語根)＋そう、動詞(連用形)＋そう

(1) こんなことを言ったら、先生に叱《しか》られそうです。

(2) どこにでもありそうな物なのに、見つからない。

(3) これだけ詳しく説明したのだから、分かってくれてもよさそうなものだ。

(4) 表向《おもてむ》きは賑《にぎ》やかそうに見えて、中身《なかみ》はとても寂しがりやです。

4　伝聞

用法――名詞＋だ、だった＋そう、イ・ナ形容詞（現在・過去形）＋そう、動詞（現在・過去・テ＋イル形）＋そう

意味――伝え聞いたことを表す。

(1) 陳さんは中国人だそうだ。

(2) あの映画はとても面白いそうだ。

(3) あの俳優は有名だそうだ。

(4) あの二人は結婚するそうだ。

(5) 新作《しんさく》の芝居は好評だったそうだ。

練習問題〔五〕

一　（　）の中の言葉を適当な形に変えて、文を完成しなさい。

【例】 寒《さむ》気《け》がして、風邪《かぜ》を（　　　）そうです。（引く）

（答）寒気がして、風邪《かぜ》を（引き）そうです。

1　今度の先生はとても（　　　）そうですよ。（厳しい）

2　核《かく》実験の廃止《はいし》はなかなか（　　　）そうもない。（実現する）

3　次期《じき》総理大臣にはだれが（　　　）そうでしょうか。（なる）

4　昨日会ったときは佐藤さんはとても（　　　）そうでした。（元気だ）

二 次の文を伝聞に変えなさい。

1 銀行はもう閉まりました。
（　　　　　　　　　　　　　　　　　　　　）

2 林さんは食欲がありません。
（　　　　　　　　　　　　　　　　　　　　）

3 東京では自動車より電車で行く方が便利で速いですよ。
（　　　　　　　　　　　　　　　　　　　　）

4 スミスさんは昔相当有名な舞台俳優《ぶたいはいゆう》でした。
（　　　　　　　　　　　　　　　　　　　　）

三 次の文の「そう(だ)」が、伝聞ならばxを、予想・推測ならばyを、（　）の中に書き入れなさい。

1（　）来週の天気はよさそうだ。
2（　）ハイジャックされた飛行機には乗客が百二十人乗っていたそうだ。
3（　）まあ、おいしそうなケーキですね。
4（　）あの男は事件に関係がなさそうだ。
5（　）一生けんめい説明したおかげで、分かってもらえたそうだ。
6（　）困ったことに、雨はなかなか降りそうにない。
7（　）これは由緒《ゆいしょ》ありそうな品ですね。

四　次の文を否定文にしなさい。

1　明日は雨が降りそうです。
（　　　　　　　　　　）

2　今度のアパートは便利そうです。
（　　　　　　　　　　）

3　あのレストランは高そうです。
（　　　　　　　　　　）

4　今年の新入生はみな頭がよさそうです。
（　　　　　　　　　　）

5　この値段だったら、買えそうです。
（　　　　　　　　　　）

五　次の（　）内の言葉の良い方を選びなさい。

1　米がよく出来るところを見ると、この地方では雨が（多いようだ・多いそうだ）。

2　動物保護《ほご》協会の報告によると、珍獣《ちんじゅう》保護《ほご》を徹底《てってい》させるためには国際レベルでの協力が（必要なようだ・必要だそうだ）。

3　田中さんは南米へ行って、もう五年になるから、僕の経験からいって、そろそろ（帰国出来るようだ・帰国出来るそうだ）。

4　よく考えてみると、この事件の背後《はいご》には何か複雑な事情が（ありそうだ・あるそうだ）。

5　あの人の話では、あの人はあれでも（学生のようだ・学生だそうだ）。

〔六〕　だけ

1　最低限度

用法――数量の副詞＋だけ、数詞＋だけ、指示名詞＋だけ、名詞＋だけ、イ・ナ形容詞（現在・過去形）＋だけ、動詞（現在・過去・テ＋イル形）＋だけ

意味――「だけ」で限定される以外のもの・それ以上のものはないという意味で、それを最低限度として示す。

(1)　千円だけあれば足ります。
(2)　毎日家から駅まで歩くだけでもいい運動になります。
(3)　これだけのことで、大騒ぎするのはおかしい。
(4)　この映画は面白いだけで、何の役にも立たない。
(5)　毎日、勉強するだけで、どこにも行きません。
(6)　占《うらな》い師は生年月日《せいねんがっぴ》を聞いただけで、人の運命が分かるそうです。

2　上限・下限

用法――数詞＋だけ、指示名詞＋だけ、名詞＋だけ、イ・ナ形容詞（現在形）＋だけ、動詞（現在形）＋だけ

意味――程度の上限と下限を意味し、「そこまでは…という気持ち」を表す。したがって、内容によっては、強調や極限、驚嘆《きょうたん》を表す意味になる。

(1) 月々困らないだけのお金は父から来ていた。
(2) あの人に聞いてみるだけ聞いてみよう。
(3) 話すだけは話してみてほしいと言っている。
(4) お好きなだけどうぞ召し上がって下さい。
(5) あれだけ尽《つ》くしてあげたのに分かってもらえなかった。
(6) 堂々と人前《ひとまえ》で批判するだけの勇気がない。
(7) 物質的に豊かなだけで、満足出来ないことがやっと分かってきたようだ。

3 慣用的表現

a 強調 (1)

用法——名詞＋な＋だけあって、イ・ナ形容詞（現在・過去形）＋だけあって、動詞（現在・過去・テ＋イル形）＋だけあって

意味——「それにふさわしく」、「それだけの値打ちがあって」のように限定されたものの特色を強調する。

(1) 中山さんは学者なだけあって物知りです。
(2) あの人が推薦《すいせん》する学生だけあって、良く出来る。
(3) 若いだけあって、さすが体力がある。
(4) よく調べただけあって、時代描写《びょうしゃ》がよく出来ている。

b 強調 (2)

用法——名詞＋だけのことはある、イ・ナ形容詞（現在・過去形）＋だけのことはある、動詞

意味――それだけの値打ちがあって、無駄ではないという意味を表す。

【注】「だけあって」より「値打ちがある」、「ふさわしい」という気持が強い

(1) いろいろ調べただけのことはあって、新情報をつかんだ。
(2) 自慢するだけのことはあって、巧《うま》いものだ。
(3) あのレストランは高いだけのことはあって、旨《うま》いものを食べさせる。
(4) 時間をかけただけのことはあって、この本はよくできている。

c 強調 (3)

用法――名詞＋だけに、イ・ナ形容詞（現在・過去形）＋だけに、動詞（現在・過去・テ＋イル形）＋だけに

意味――「だから、いっそう」という意味で理由の強調を表す。従属節の、機能の強調。

(1) 年を取っているだけに、父の病気は治りそうにない。
(2) 若いだけに、呑込《のみこ》みが早い。
(3) 苦労が多かっただけに、終わった時の喜びは大きいようだ。
(4) 先進国だけに、交通事故で死亡する人の数が多い。

d 比例

用法――イ・ナ形容詞（バ・タラ形）＋イ・ナ形容詞（現在・過去形）＋だけ、動詞（バ・タラ形）＋動詞（現在・過去・テ＋イル形）＋だけ

同じ文中の形容詞と動詞は全く同じであるか、または同義語でなければならない。

意味——程度の上昇に比例して変化が起こることを意味する。

(1) 練習すればするだけ上手になりますよ。

(2) 食べたら食べただけ太ります。

(3) 古ければ古いだけで価値がでる。

(4) お金を稼げば稼ぐだけ税金を払わなければならない。

e　追　加

用法——名詞＋だけでなく、イ・ナ形容詞（現在・過去形）＋だけでなく、動詞（現在・過去・テ＋イル形）＋だけでなく

意味——同類のものの追加を表す。

(1) 子供だけでなく、大人も楽しめます。

(2) あのアパートは静かなだけでなく、大きくてきれいです。

(3) リーさんは日本語が話せるだけでなく、読めもします。

練習問題〔六〕

一　文中の傍《ぼう》線《せん》部《ぶ》の「だけ」①～⑧の用法が、次に例示してあるa～gの用法のどれに相当するか、（　）の中に書き入れなさい。

a　千円だけあれば、足ります。

b　あれだけ食べたのだから、もうお腹《なか》がいっぱいでしょう。

c　若いだけあって、元気がある。

d 良く勉強するだけのことはあって、進歩が早い。

e 運動すれば、するだけ丈夫になります。

f 問題は複雑なだけに、簡単には解決しそうもない。

g 英語だけでなく、フランス語もできます。

一国《いっこく》の文化はその国特有の歴史と社会組織の土壌《どじょう》の上に培《つちか》われて、育ったもの①だけに、その文化を共有する人々は自分達の文化に対して、共通した評価の基準を確立している②だけでなく、継承《けいしょう》もしていくもののようである。勿論《もちろん》、その国民である③だけでその国の文物《ぶんぶつ》の善《よ》し悪《あ》しを判別する④だけの能力が備《そな》わって来るわけではない。しかし、少なくとも、その社会の一員《いちいん》として、ある程度の教育を受けた成人の場合には、その国の文化特有のものを意識するしないに係《かか》わらず、長年それを享受《きょうじゅ》した⑤だけあって、年を取れば取る⑥だけ自国《じこく》の文物《ぶんぶつ》⑦だけは、その価値を的確に判断する⑧だけの能力が身について来るようだ。

①（　　）②（　　）③（　　）④（　　）⑤（　　）
⑥（　　）⑦（　　）⑧（　　）

二 「だけ」のいろいろな形を使い、（　　）の中の言葉を正しい形にして、文を完成しなさい。

1 さすが（　　）（美術家）、色の感覚が素晴らしい。

2 この助け合い運動には（　　）（日本人）、（　　）（世界の人々）参加しています。

3　少しずつでも（　　　）（する）、（　　　）（する）上手になるから、根気よく続けてください。

4　このダムは完成したら、（　　　）（この地域）、（　　　）（国全体）とっても、多大な利益をもたらすことになるのだ。

5　そんな贅沢《ぜいたく》はいいません。毎月（　　　）（十五万円）十分なんです。

6　どうぞ、遠慮しないで。（　　　）（ほしい）持って行っていいんですよ。

7　うまく行くかどうか分かりませんが、（　　　）（やる）やってみたらどうですか。

8　杉田さんは（　　　）（女性）、いつも細かなことに気が付きます。

9　このレストランは（　　　）（高い）、雰囲気《ふんいき》がいい。

10　あの人には（　　　）（信頼される）人格がある。

〔七〕　＊たびに

1　反　復

用法——名詞＋の＋たびに、動詞（現在形）＋たびに

意味——従属節中の行為や事柄が起こる時には必ず主文の動作が起こることを表す。「…する時はいつも、毎回」と言う意味を表す。

(1)　子供は会うたびに、大きくなっている。
(2)　銀行へ行くたびに、長い間待たされます。
(3)　台風が来るたびに、大きな被害を出す。
(4)　研究会のたびに、あの男は始めから終わりまでしゃべり続ける。

練習問題〔七〕

一 与えられた動詞を使って、文を完成しなさい。

1 この音楽を聞くたびに（　　　　）。（思い出す）
2 デモのたびに（　　　　）。（起こる）
3 飛行機に乗るたびに（　　　　）。（悪くなる）
4 雨が降るたびに（　　　　）。（出る）
5 国に帰るたびに（　　　　）。（訪ねる）

二 「たびに」を使って、二文を一文にしなさい。

1 クラス会だ。お母さんは洋服を新調《しんちょう》する。
（　　　　）
2 国に帰る。昔の友人に会うことにしている。
（　　　　）
3 電話だ。ドキリとする。
（　　　　）
4 漁《りょう》に出る。網《あみ》を修理する。
（　　　　）
5 試験がある。頭が痛くなる。
（　　　　）

〔六〕　*ため・ために

1　**受益《じゅえき》の対象**

用法――名詞＋の＋ために

意味――利益を受ける対象を表す。利益の享受者《きょうじゅしゃ》。

(1) 息子のために働く。

(2) 私のためにかけがえのない人です。

(3) 社会のために奉仕するのはたやすくありません。

2　**目　的**

用法――名詞＋の＋ために、動詞（現在形）＋ために

意味――目的を表す。

(1) 先生が何のためにこんなことを私に敢《あ》えて聞かせたのか、良く分からない。

(2) 私は日本語を勉強するために日本に来ました。

(3) 電車に乗り遅れないためには、早めに家をでた方がいいですよ。

3　**原因・理由**

用法――名詞＋の・だった＋ため(に)、イ・ナ形容詞（現在・過去形）＋ため(に)、動詞（現在・過去＋テ＋イル形）＋ため(に)

意味――よい結果、悪い結果の原因・理由を表す。「ため」の場合、その原因を他人・他事に責

任を転嫁《てんか》する気持ちは前出の「せい」のようには強くない。

(1) 病気のため、会社を休んでしまいました。
(2) 大学の前には桜並木《なみき》があり、そのためかなりの人に知られている。
(3) 大型《おおがた》台風接近のために、学校は休校になりました。
(4) その小説はあまりにも難解なために、あまり読まれていないようだ。
(5) 愛する人を失ったために、死ぬことまで考えているのだろうか
(6) 皆が一丸《いちがん》となって努力したために、会社は大きな利益を上げることが出来た。
(7) コンピューターを付けたままにしていたために、オーバーヒートしてしまった。

練習問題〔六〕

一 例文a、b、cの「ため(に)」と同じ意味のものに、それぞれa、bまたはcを（ ）の中に入れなさい。

【例】 a 病気のために学校を休んでしまいました。
b 私は日本語を勉強するために日本に来ました。
c あなたのためなら、死ねます。

1（ ）大都会では他人のために世話をやく余裕《よゆう》がない。

2（ ）停電のために電車が止まりました。

3（ ）昔の日本人は主君《しゅくん》のために命を捨て、今の日本人は会社のために家庭を犠牲《ぎせい》にする。

4（ ）子供の出来が悪いために親は本当に苦労する。

5　（　　）夫が大酒飲《おおざけの》みのために苦労する妻が多いそうだ。
6　（　　）「人はパンのみのために生きるものにあらず。」
7　（　　）石油ショックのために物価が二倍に跳《は》ね上がってしまった。
8　（　　）日本語が早く上達するためにはどうしたらいいでしょう。
9　（　　）一体、何のために生きているんですか。
10　（　　）若い人達の交通事故死が多いのは無茶《むちゃ》なスピード運転をするためです。

二　次の文章に「ため」、「ために」、「せい」、「せいで」のうちで一番適切と思われる語を（　　）の中に入れなさい。正解は一つ以上ある場合もある。

1　今年は雨がよく降った（　　）野菜の育ちがいいようだ。
2　試験が出来なかったのは風邪《かぜ》を引いて寝込んでしまった（　　）です。
3　あの人は何か自分に都合の悪いことが起きると、すぐ人の（　　）にする
4　就職シーズンになると、面接で失敗しない（　　）面接のリハーサルをする学校があります。
5　社会の（　　）自分を犠牲《ぎせい》にするなんてことは今の人には考えられないことでしょうか。
6　クラスに遅れたのはお母さんが寝坊《ねぼう》して、起こしてくれなかった（　　）です。
7　テストが出来なかったのは先生の（　　）だなんて言わせないぞ。
8　毎日少しずつ練習した（　　）ずいぶんとゴルフの腕が上がった。
9　一戸建ての家を買う（　　）貯金をしている。
10　愛する人の（　　）死ねますか。

〔九〕 *だん

1 状況

用法——名詞＋の＋段、動詞（現在形）＋段

意味——「…という場合」という意味で、予想される情況あるいは一つの事態・局面を取り立てて言う時に用いる。文語的表現。

(1) いざ試験という段になると実力が出ない。

(2) 切腹《せっぷく》する段になって、迷うとは女々《めめ》しいぞ。

2 体言化

用法——名詞＋段

意味——「段」の前のことを統合して、名詞化する。「こと」「くだり」で置き換えられる。文語的表現。手紙文などに用いる。

(1) 御家族の皆様には御健勝《けんしょう》の段、誠《まこと》に喜ばしく候《そうろう》。

(2) ご無礼《ぶれい》の段、ひらに御容赦《ごようしゃ》願いたく存じ候《そうろう》。

練習問題〔九〕

一 次の文の「段」が「こと」か、「場合」か、どちらの意味を表すか（　）に書き入れなさい。

1 口では大きなことを言っているくせに、いざという段になるとだらしがない。（　）

2 この度《たび》、御栄転の段、お喜び申しあげます。（　）

3　自分の分をわきまえず、僭越《せんえつ》の段お許し願いたく候《そうろう》。（　　）
4　英語を読むことは出来るんですが、話す段になるとからっきし駄目なんですよ。（　　）
5　あの人は理論だけは立派なんですが、実践《じっせん》の段になると役に立たない。（　　）

〔三〕　つもり

1　話者の意図《いと》・決意

用法——動詞（現在形）＋つもり
意味——話者の意図《いと》、決意を表す。

【注】 意志形と対比。「つもり」の場合は、通例、他者に自分の意図を伝達する場合、意志形「よう」の場合は必ずしも伝達を目的にしないで意志を表す。

（例）もうやめるつもりだ。

もうやめよう。

(1)　僕は進学するつもりはない。
(2)　一体どういうつもりなんだろう。
(3)　どうしても国へ帰るおつもりですか。
(4)　お礼を下さるんですか。そんなつもりでしたんじゃなかったんですけど。

2　仮　定

用法——名詞＋の＋つもり、イ・ナ形容詞（現在形）＋つもり、動詞（過去形）＋つもり
意味——現実とは違う状況を仮定して言う。

(1) 買物をしたつもりで貯金すれば来年は旅行が出来るでしょう。
(2) 学生のつもりでユース・ホステルに泊まってみたら面白い経験が出来る。
(3) 本人は面白いつもりでしょうが、外の人にはその冗談が分からなかった。
(4) 上手なつもりで歌っている歌手がいますけど、実は素人《しろうと》より下手な場合もある。

練習問題〔三〕

一 次の文に「つもり」か「はず」のうち適当な方を入れなさい。

1 大木さんは大学に行くのを楽しみにしていたから高校を出てすぐ就職する（　　　）はない。
2 佐藤「スミスさんはどうしてもお国へお帰りになる（　　　）ですか。」
スミス「ええ、そうする（　　　）です。ジョーンズさんはどうでしょう。」
佐藤「帰る（　　　）ですよ。そう言っていましたから。」
3 社長は会議に出席する（　　　）でいる。
4 私を親の（　　　）で、何でも相談して下さい。
5 あの人は、八十なのに若い（　　　）で頑張っている。
6 吉田さんは出張している（　　　）だから電話してもいないでしょう。
7 私はあしたは、試験とレポートがあるので、今日は音楽会に行かない（　　　）だ。
8 あのアパートは駅に近いから安い（　　　）はない。

二 動詞の意志形か「つもり」の、いずれか適当な方を使って（　　　）の言葉を書き換えて文を完成しなさい。

1　A「太郎さん、あしたの集会に出ますか。私は（　　　　）（やめる）と思っているんですが、あなたはどう（　　　　）（する）ですか。」
B「私は（　　　　）（出席する）ですよ。昨日花子さんに会った時も（　　　　）（行く）だと言いました。」

2「ああ、今日はいい天気だなあ、あっ、そうだ、（　　　　）（洗濯をしてしまう）。」

3「社員諸君、わが社の業績は順調に伸びており、海外からの注文も増えていることから、私は来年までには海外に支店を（　　　　）（出す）でいる。」

4　私は来年の四月、大学院に（　　　　）（入る）と思っているので、先生のところへ相談に行った。
私「先生、大学院の試験を（　　　　）（受ける）なんですが、どんな勉強をしたらいいでしょうか。」
先生「大学院に（　　　　）（入る）なら、それだけの準備がいるわけだが、どんな本を読まなくてはいけないか、今教えてあげよう。」

〔三〕

＊てい

1　様子

用法——名詞＋の＋てい、動詞（現在形）＋てい

意味——接尾語的に用いて「そのような様子」の意味に使われる。文語的表現。

(1)　ほうほうの体《てい》で逃げだした。

(2)　男はさっと品物を自分のポケットに入れたかと思うと、そ知らぬ体《てい》で、店を出て行った。

〔三〕

1 *てん

方面・分野

用法——名詞＋の＋てん、イ・ナ形容詞（現在・過去形）＋てん、動詞（現在・過去・テ＋イル形）＋てん

意味——特定の事柄をさし示す。「こと」で置き換えられる。

(1) 全《すべ》ての点で優《すぐ》れた作品。
(2) その点はぬかりがない。
(3) 自由な研究は学問を向上《こうじょう》させる点では価値がある。
(4) このコンピューターの便利な点はいろいろな会社のソフトが使えることにあります。

〔三〕

1 *とおり

変わらない様子

用法——名詞＋の＋とおり、動詞（現在・過去・テ＋イル形）＋とおり

意味——「そっくりそのまま」という意味を表す。「とおり」の前に言われていることがそっくりそのままの形で、主文の動作として起こることを表す。

(1) 私が教えるとおりにしなさい。
(2) 本物のとおりに真似《まね》て作る。
(3) そのとおりにすれば間違いはない。
(4) 説明したとおりやってみて下さい。

(5) 今話しているとおりの事をすぐやってみたらどうですか。

練習問題〔三〕

一　文aとbが同じ意味を表すなら○、違うなら×をつけなさい。

1（　）　a　展覧会の絵はひととおり見た。
　　　　b　展覧会の絵は一回見た。

2（　）　a　「火山」というのは字のとおり火の山という意味だ。
　　　　b　「火山」というのは文字どおり火の山という意味だ。

3（　）　a　説明書に書かれたとおりに機械を組み立てた。
　　　　b　説明書に書かれたように機械を組み立てた。

4（　）　a　一通りの努力ではなかなか昇進出来ない。
　　　　b　一度の努力ではなかなか昇進出来ない。

5（　）　a　なかなか思うとおりにことが進まないものだ。
　　　　b　なかなか思うままにことが進まないものだ。

〔四〕　＊とき・ときに

主文の動作・状態が成立する(した)時間帯・条件を表すが、その時間には幅があって、「とき」の前に来る動詞の種類によって瞬間的であったり、または継続《けいぞく》的な長い時間帯であったりする。したがって、「とき」の前に来る動詞の種類、時制(テンス)、品詞の違い、等が意味・使い方の違いに大きく関係して来る。時は仮定的な概念とは共起しない。また、話者の意図で、陳述の形をとったり叙述の形をとったりする。

【注】「とき」「ときに」には余り意味の違いはない。「ときは」は「とき」の節が主題として使われていることを表しているので、使い方に気を付けること。

1　時の間隔《かんかく》

用法——名詞＋の＋とき、イ・ナ形容詞（現在・過去形）＋とき、状態動詞（現在・過去・テ＋イル形）＋とき、動作動詞（テ＋イル形）＋とき

意味——従属節が継続《けいぞく》している時間に主節が実現する場合。この「とき」は「あいだ」と言い換えられることが多い。

(1) 桜のきれいな時に日本へ来たい。
(2) 大学生の時、私は真面目《まじめ》な学生でした。
(3) 果物が高い時はなかなか買えない。
(4) 勉強が面白くなかった時はよくラジオを聞いたものです。
(5) その音楽を聞いている時、故郷《こきょう》のことが思い出されました。
(6) 勉強している時は、だれにも会いたくありません。

【注】従属節の事柄が過去のことで、それをより強調したい場合、従属節のテンスは過去にする。しかし強調ということを除いて大きな意味の違いはない。次のaとbの例文を比較せよ。

a
(1) 若い時は、疲れを知らなかった。
(2) 前が公園の時、この辺は静かでした。
(3) 日本に住んでいる時、よく温泉に行きました。

(4) 交通機関が今ほど便利じゃない時には、学校まで毎日歩いたものでした。

b

(1) 若かった時は、疲れを知らなかった。
(2) 前が公園だった時、この辺は静かでした。
(3) 日本に住んでいた時、よく温泉に行きました。
(4) 交通機関が今ほど便利じゃなかった時には、学校まで毎日歩いたものでした。

2

前後の時点

用法――動作動詞（現在・過去形）＋とき

意味――主文に対して従属節はその時間の前後関係を表す。「とき」の前に過去形が来る場合は、その事柄は主文の事柄より前に起こることを表す。現在形が来る場合は、主文より後のこと、または、そのことが起こる条件を表す。前後の時間の幅は動詞の種類によるので、瞬間動詞が来る場合はそれが時点を表すことから、直前または瞬間的同時性を意味する。

(1) 私は毎朝ご飯を食べる時手を洗う。（「前に」で言い換えられる。）
(2) 私は今朝ご飯を食べる時手を洗った。（右に同じ。）
(3) 私は毎晩ご飯を食べた時歯を磨《みが》く。（「後で」で言い換えられる。）
(4) 私は昼にご飯を食べた時歯を磨《みが》いた。（右に同じ。）
(5) 電話が鳴った時、私はちょうど風呂に入っていた。（同時）
(6) ドアを開ける時は、ノックしてから開けるものです。（直前）
(7) 電話をかける時は、よく電話番号を確かめてからにしなさい。（条件を表す。「…の場合は」で言い換えられる。）

3　**前・中・後の時点**

用法――移動動詞（現在・過去形）＋とき

意味――時間の前後関係については2と同じであるが、「とき」の前に現在形が来た場合は「前」か、その「移動の途中」にあることを表す。

(1) 私はシカゴへ行く時すしを食べるつもりだ。（行く前・途中を表す。）
(2) 私はシカゴへ行った時すしを食べるつもりだ。（行った後を表す。）
(3) 私はシカゴへ行く時すしを食べた。（行く前・途中を表す。）
(4) 私はシカゴへ行った時すしを食べた。（行った後を表す。）

練習問題〔四〕

一　次の文を読んで、自然な方を○で囲《かこ》みなさい。答は一つとは限らない。

1　日本を出る（ときに・ときは）挨拶に行った。
2　レコードを聞く（とき(に)・とき(に)は）いつも目をつぶって、横になるのが好きだ。
3　警官が駆《か》けつけた（とき(に)・とき(に)は）犯人はもう逃げ去った後だった。
4　日本ではご飯を食べる（とき(に)・とき(に)は）「いただきます」と言います。
5　いつでも、あなたの都合のいい（ときに・ときは）行きましょう。
6　若い（とき(に)・とき(に)は）長くはありませんよ。
7　困った（ときに・ときは）お互《たが》いさまです。
8　昨日雨が降った（とき(に)・とき(に)は）傘《かさ》が無くて、濡《ぬ》れて歩いたのですっかり風邪《かぜ》を引いてしまった。

9　風邪《かぜ》を引いた（とき(に)・とき(に)は）飲む薬は何が一番いいですか。

10　昨日会った（とき(に)・とき(に)は）あなたが言っていたことは何でしたっけ。

二　次の「とき」の意味を考えて、「…てから」、「…前に」、「…(の)間(に)」、「…(の)場合」、「…(の)途中」、「…(の)直前(に)」、「…(の)直後(に)」のうちで一番適当だと思われるものを使って言い換えなさい。

1　花火をする時は危ないから気を付けなさい。

（　　　　）

2　死ぬ時になって後悔《こうかい》しても遅い。

（　　　　）

3　電車に乗る時になって、初めて忘れ物をしたのを思い出した。

（　　　　）

4　アメリカへ行った時、英語が全然分からなかったから、とても困りました。

（　　　　）

5　南回りの飛行機でヨーロッパへ行く時、ボンベイに二晩泊まりました。

（　　　　）

6　林さんは家に帰る時、いつも奥さんに電話するぐらいの恐妻家《きょうさいか》です。

（　　　　）

7　部屋に入る時は必ずノックをしてください。

8 （　　　） おじいさんは大笑いした時、あごが外《はず》れてしまったそうです。

9 （　　　） 目上の人と話す時は丁寧《ていねい》な言葉を使いましょう。

10 （　　　） 私が死んだ時は、だれかが私のために祈ってくれるだろうか。

11 （　　　） 勉強がよく分からない時はいつも先生のところへ行って説明してもらいます。

12 （　　　） 毎晩寝る時はお祈りします。

13 （　　　） 髪を洗う時はいつもフランスのシャンプーを使うことにしています。

14 （　　　） 箱のふたを開けた時、突然変なものが飛び出してきました。

三　次の文で「とき（は）」で言い換えても意味が変わらないものに○を付けなさい。

1 （　　） 京都に着いたら、電話を下さい。

2 （　　） もし雨が降ったら、運動会は中止にしましょう。

3 （　　） お金があったら、いろいろな国を旅行して回るんですが。

4　（　）右に曲がると大きな本屋が見えるでしょう。
5　（　）六十歳になると、年金がもらえるそうです。
6　（　）賛成が過半数に達した場合は、この案は可決《かけつ》されます。
7　（　）この場合は、あなたの言うことが必ずしも正しいとは言えない。
8　（　）学校にいる間は真面目《まじめ》で、いい学生でした。
9　（　）三時と四時の間にいらしてください。
10　（　）みんなの気持ちが変わらないうちに決めてしまおう。

〔丟〕　ところ

「ところ」は否定形は伴《ともな》わない。（誤）行くところじゃありません。

1　**進行中の時点**　ある物事が進行中のどういう時点・場合にあるかを示す。（行動の進行時点を示す。）

a　**直前**　(1)

用法——動詞（現在形）＋ところ
意味——動作が起こる寸前の状態。

(1)　今文法の説明をするところです。
(2)　お茶をお出しするところです。
(3)　お酒でも飲みに行きたいところです。

b　直前(2)

用法――動詞（意志形）＋と＋する・している＋ところです

意味――a同様に動作が起こる前の状態を表すが、徐々に何かをしはじめた状態、準備がなされている状況を表す。

(1)　私は今佐藤さんに電話しようとするところです。

(2)　出かけようとしているところにスミスさんが来ました。

c　進行中

用法――動詞（テ＋イル形）＋ところ

意味――動作が進行中の状態。

(1)　旅行の準備をしているところです。

(2)　レポートを書いているところへ友達に来られてしまいました。（進行形の動詞は過去形を用いても意味は変わらない。）

d　直後

用法――動詞（過去形）＋ところ

意味――動作がちょうど実現した直後を表す。

(1)　授業が終わったところです。

(2)　練習したところです。

【注】　これは「動詞（過去形）＋ばかり」で置き換えられるが、「ところ」の場合はある動作の直後の状態を表すので、遠い過去の時間を表す副詞があると不自然になる。その時は「ばかり」を使う方が自然である。

（自　然）　三日前にソンさんに会ったばかりですよ。
（不自然）　三日前にソンさんに会ったところですよ。

e　実現しなかった動作

用法——動詞（意志形）＋と＋した・していた＋ところに（で）＋主文
意味——実現しなかった動作を表す。

(1) 山田さんが発言しようとしたところで時間になってしまいました。
(2) 家を出ようとしていたところに電話がかかってきました。

2　程度・範《はん》囲《い》・限界

用法——名詞＋の＋ところ、動詞（現在・過去・テ＋イル形）＋ところ＋では・によると
意味——程度・範囲・限界を示す。

(1) 私の知っているところではあの人は結婚していない。
(2) テレビの解説したところによると人口問題は工業化と関係が深いようだ。

3　説　明

用法——文＋ところ＋の＋名詞
　前の文が次に来る名詞を説明している場合に使う。翻訳的表現。「ところの」を省略しても意味が変わらない。

(1) 家族が住んでいるところの家は百年もたったものだった。
(2) 食堂で夕食を食べているところの人は私の兄です。

4 体言化

用法——名詞＋の＋ところ、イ・ナ形容詞（現在・過去形）＋ところ、動詞（現在・過去・テ＋イル形）＋ところ

意味——物事の問題となる中心部分を示す。「物・こと・場合」で言い換えられる。

(1) お忙《いそが》しいところをわざわざありがとうございました。
(2) 静かだったところに選挙カーが来て急にうるさくなった。
(3) 私共の知るところではなかったものですから、御迷惑をおかけして相済みません。
(4) この部分で混声四部合唱になるところがこの音楽の素晴らしさなんですよ。
(5) 今のところは小康《しょうこう》を保っていますが、今晩あたりが峠《とうげ》でしょう。

5 慣用的表現

a 強い否定

用法——名詞＋どころじゃない、形容詞＋どころじゃない、動詞＋どころじゃない

意味——強い否定を表す。

(1) この忙しいのに、何を言っているのですか。今はそれどころじゃない。
(2) 勉強どころじゃなかったよ、昨夜は。ナイターが気になって。
(3) 海は冷たかったどころじゃありません。まるで氷のようでした。

6 他の品詞としての用法

a 「ところが」接続詞として。

(1) せっかく買って来た。ところがサイズが間違っていました。

b　「ところで」接続詞として。

(1)　今日から休みになります。ところで、いつか遊びに来ませんか。

c　「ところで」接続助詞として。

(1)　言ったところで分かってもらえない。

d　「どころか」副助詞。

(1)　このお酒は弱いどころかかなり強いですね。

練習問題〔五〕

一　次の会話を読んで、（　　）の中の言葉を「ところ」を使って、正しい形にして、完成しなさい。

1　妻「紅白歌合戦はもう始まったの。」
　　夫「うん、今、ちょうど（　　　　）(始まる）だから、料理なんかやめて、一緒に見よう。」
　　妻「見たいけど、黒豆を（　　　　）(煮る）なの。そばで見ていないと心配だから、……焦《こ》がしたら、だいなしになるでしょう……。」

2　A「どこへ行くの。」
　　B「ちょっと銀行まで。」
　　A「私もそっちの方へ（　　　　）(行く）なんだ。そこまで一緒に行こう。すぐ支度をするから、待っていて。」

3　A「ねえ、お昼を食べに行かない。」
　　B「あっ、ごめん。今（　　　　）(食べて来る）なんだ。」

A「まっ、なんで誘《さそ》ってくれなかったの。」
B「だって、君は山田くんと随分《ずいぶん》と熱心に（　　　　　）（話す）を見たから、邪魔《じゃま》しては悪いと思ったんだもの。」

4
（電話で）
A「今、何をしているのかい？」
B「ちょうどレポートを（　　　　　）（書き終わる）ですけど、今から買物に（　　　　　）（出る）です。ところで、あなたは。もう終わりましたか。一緒に行きませんか。」
A「とんでもない。（　　　　　）（買物）じゃありません。あしたのレポートがまだ終わらないんです。今（　　　　　）（四苦八苦する）です。ちょっと疲れたから、電話してみたんですよ。」
B「それじゃ、（　　　　　）（ちょうどいい）に電話をしてきたわけですよ。実をいうと、何か手伝うことがあるかどうか聞いてから、あなたのところに（　　　　　）（行こうと思う）なんですよ。」

5
（玄関で）
花子「あっ、もう少しで、（　　　　　）（忘れる）だった。お母さん、私の机の上にある本を取って。」
母「まあ、いつもこうだから。私だって、今日は急いでいるんですからね。いつも何か人が（　　　　　）（しようとする）を邪魔《じゃま》をするんだから。」

二　次の文を「ところ」を使って書き直《なお》しなさい。

1　部屋の掃除をしている時にお客様がお見えになってしまいました。
（　　　　）

2　昨日買ったばかりですから、果物は間に合っています。
（　　　　）

3　出かけようとしていると、友達が明日の宿題のことを聞きに来ました。
（　　　　）

4　雑誌を読んで新しい熟語を覚えたので使ってみました。
（　　　　）

5　今日からは文学作品を読むので作家について説明します。
（　　　　）

6　新聞の報道によると南アメリカで大地震があったそうです。
（　　　　）

7　Aさんは就職したばかりですから、サラリーマンの生活がいいかどうか分かりません。
（　　　　）

8　お忙しい時にお邪魔《じゃま》してどうもすみませんでした。
（　　　　）

三　文中の「ところ」を意味を変えずに他の表現を使って書き直しなさい。

1　私の聞いたところでは山本さんの言うことが正しいようです。
（　　　　）

2 やっと名前が分かったので、今、電話するところですよ。（　　）
3 いざエレベーターに乗ろうとしたところドアが閉まってしまいました。（　　）
4 音楽を聞いているところに宣伝カーが通ったので雰囲気がこわれてしまいました。（　　）
5 その学生が通《かよ》っているところの大学は、東京にある。（　　）
6 キムさんは先週日本に着《つ》いたところだから、まだ住むところも決まっていないそうです。（　　）
7 今、お世話になった方にお礼状を書いているところです。（　　）
8 字を間違えたので直そうとしているところですから、ちょっと待ってください。（　　）

〔三六〕 *ながら

1 同時進行

用法——動詞（連用形）＋ながら

意味——一つの動作が進行する間にもう一つの動作が同時に進行することを表す。主《おも》に継続《けいぞく》できるような動作動詞と一緒に使われる。

【注】

1　主文・従文の主語は同じでなければならない。

（誤）私は本を読みながら、父はテレビを見ている。

主文、従文の動詞が両立《りょうりつ》しないような意味を表す場合は、不真面目《ふまじめ》な、良くない印象を与える（例文(1)(2)）。両立《りょうりつ》できる場合は、別に悪い印象は与えない（例文(3)(4)）。

(1)　ご飯を食べながら本を読むのはお父さんの悪い癖《くせ》です。

(2)　ガムを噛《か》みながら、話をしてはいけません。

(3)　コーヒーでも飲みながらお話でもしましょう。

(4)　あの未亡人は働きながら一人で三人も子供を育てたのだそうです。

【注】　次の文が不自然なのは「行く」という動詞が瞬間的な動作動詞だからで、継続《けいぞく》的な同時進行を表す「ながら」の意味と矛盾するからである。

（誤）学校へ行きながら本を読む。

2　逆　接

用法――名詞＋ながら、イ・ナ形容詞＋ながら、動詞（連用形）＋ながら

意味――ふさわしくないこと・不相応であることを表す。逆接の接続詞「のに」で置き換えられる。主文・従文の主語は同じでも違っていてもかまわない。

(1)　子供ながら言うことは大人並だ。

(2)　あり余る程の金がありながら、社会のためにはそれを使おうとはしないなんて、なんと気持ちの狭い人でしょうか。

(3)　雪が降っていながら、日が照っている。

練習問題〔六〕

一 次の文中の「ながら」が同時進行・逆接のうちどちらを表すか、（ ）の中に書いて示しなさい。

1 日本にもう十年もいながら、まだ来たばかりという感じしかしません。（ ）
2 悪いと知りながら、嘘《うそ》をついてしまいました。（ ）
3 母は座って、縫物《ぬいもの》をしながら、色々な話をしてくれたものだ。（ ）
4 興奮して、机を叩《たた》きながら、話をした。（ ）
5 妻や子がいながら、あの男は働こうとしない。（ ）
6 私は歩きながらも、絶えず今朝妻と言い合ったことを思い出していた。（ ）
7 後ろを何回も振向《ふりむ》きながら、去って行った。（ ）
8 鉄砲《てっぽう》を撃《う》ちながら、うさぎの後を追った。（ ）

二 次の文の「ながら」の使い方が自然ならば○、不自然だったら×をつけなさい。

1（ ）学生は自習しながら、先生は黒板に字を書いていました。
2（ ）子供は五人もいながら、だれ一人両親を助けようとする者がない。
3（ ）学生たちは歩きながら、笑った。
4（ ）飛行機を飛び降《お》りながら、パラシュートを開いた。
5（ ）死にながら、子供の行く末を心配した。

6（　）秘書がタイプをしながら、上役《うわやく》は手紙を書かせた。
7（　）私はパリに留学しながら、病気になった。

三　意味を変えずに、「ながら」で言い換えられる文に○をつけなさい。

1（　）食事をしているときに、テレビを見るのは行儀《ぎょうぎ》がわるいですよ。
2（　）すみませんが、電話をかける間、ちょっと待っていてください。
3（　）勉強する間、ラジオを聞くのが好きです。
4（　）先生が後ろを向いている間に、弁当を食べよう。
5（　）考え事をしている間、ボーっと歩いていたら、自動車にひかれそうになった。

〔七〕 *など・なんて（なんぞ）

1　謙《けん》遜《そん》

用法——名詞＋など

意味——自分、または自分に属する物に関して卑下《ひげ》する気持ちを表す。

(1) 私のことなどどうぞご心配なく。
(2) 私の妹などお役に立ちません。

2　軽　蔑

用法——名詞＋など、動詞（現在・過去・テ＋イル形）＋など

意味——軽蔑の意を表す。

(1) 金などあっても何の解決にもなりません。
(2) 私は上田さんなどから、こんなことを言われる覚えはありません。
(3) 東京などうるさくて、大嫌いです。

3 強調

用法――名詞＋など、イ・ナ形容詞＋など、動詞（現在・過去・テ＋イル形）＋など
意味――強調の意を表す。

(1) 私が嘘《うそ》などつくものですか。
(2) こんな日に山などに行って怪我《けが》をしたら、どうするんですか。
(3) 大怪我《おおけが》をしたなどと言って、たいしたことはないじゃありませんか。

4 婉《えん》曲《きょく》

用法――名詞＋など、イ・ナ形容詞＋など、動詞（現在形）＋など
意味――複数の中から例として特に一つ取り出して言う場合、また、はっきりと言わないで、例示として「そのようなもの」、「…ということ」というように曖昧《あいまい》に言う時にも使う。

(1) 戦争が始まれば良いなどと言うのはとんでもないことです。
(2) なぜあんな所に行きたいなどと言うのでしょう。
(3) あの人はすぐ来るなどと言っていましたが、まだ来ません。

【注】
(1) 話し言葉では「など・などと」は「なんて」に置き換えられる。
よく考えもしないで、分からないなんて言うのはいけないことだ。

(2) 私は山田なんて学生は知りませんね。本当にこの学校の学生ですか。
(3) 結婚のお祝いにネクタイなんてどうでしょうか。

練習問題〔七〕

一 「など」、「なんて」を使って、次の会話文を完成しなさい。

1 学生「先生、良く分かりません。」
先生「努力もしないで、（　　）言ってはいけません。」

2 A「あの方は肉を召し上がらないんですか。」
B「はい、菜食《さいしょく》主義ですから（　　）食べないんですよ。」

3 A「どうですか、あの映画は面白かったでしょう。」
B「とんでもない、（　　）、それどころか、気持ちが悪くなりましたよ。」

4 A「金（　　）残したって、あの世に持って行けるわけでなし。」
B「そうですか、でも『地獄《じごく》の沙汰《さた》も金しだい』といいますよ。」

5 A「なぜ、あの人は日本語の勉強を（　　）言うんでしょうか。」
B「なぜでしょう。多分仕事の方が忙しくなったんでしょう。」

二 次の質問に「など」を使って答えなさい。

1 日本語の小説を読みますか？

2　日曜日にはどんなことをして過ごしますか？
（　　　　　　　　　　　　　　　）
3　野球を見に行ったことがありますか？
（　　　　　　　　　　　　　　　）
4　自分の日本語の力についてどう思いますか？
（　　　　　　　　　　　　　　　）

〔六〕の（ん）

1　体言化

用法——動詞（現在・過去・テ＋イル形）＋の

意味——「こと」、「もの」、「ひと」を表す。

(1) うまく書けたのを宿題として提出した。（もの）

(2) さっき来たのは新聞屋さんだよ。（ひと）

(3) 私が質問したのは経済の問題についてだ。（こと）

【注】「の」は「こと」と比べて、より話し言葉として多く使われる。

(1) 大学を出るのにお金がかかる。

2　婉《えん》曲《きょく》

用法——名詞＋な＋のだ、イ・ナ形容詞（現在・過去形）＋のだ、動詞（現在・過去・テ・イル

形）＋のだ

意味――話し手が自分のことについて遠回しに説明する。

(1)　X「私は英語が苦手なんで海外旅行は弱いです。」

　　Y「私は外国語が少し分かるんでまあ、あまり困りません。」

(2)　A「お子さんは、今年もう御卒業ですか。」

　　B「いいえ、まだ四年生なんです。」

(3)　X「いつ社長になられましたか。」

　　Y「去年の四月なんです。」

3　**強　調**

用法――名詞＋な＋のだ、イ・ナ形容詞（現在・過去形）＋のだ、動詞（現在・過去・テ・イル形）＋のだ

意味――強調が含まれた説明。「一体」、「本当に」、「いくら…ても」のような副詞句を伴《ともな》って使われる場合が多い。

(1)　一体、何をしていたんですか。

(2)　本当に分からないんです。

(3)　どうしても信じられないんです。

4　**主張・命令**

用法――名詞＋な＋のだ、イ・ナ形容詞（現在・過去形）＋のだ、動詞（現在・過去・テ＋イル形）＋のだ

意味——主張・命令的な気持ちを表す説明。

(1)　食べる前には手を洗うんですよ。

(2)　男の子は泣かないんです。

(3)　ここで遊ぶんじゃありませんよ。

5　**説明を求める疑問**

用法——名詞＋な＋のだ、イ・ナ形容詞（現在・過去形）＋のだ、動詞（現在・過去・テ＋イル形）＋のだ

意味——話し手は既に知っていることに対してさらに説明を求めるような場合。

例文(1)(2)を比較せよ。

(1)　X「先生ですか。」

Y「ええ、そうです。」

(2)　X「先生なんですか。」

Y「ええ、日本語を教えているんです。」

6　**納《なっ》得《とく》**

用法——名詞＋な＋のだ、イ・ナ形容詞（現在・過去形）＋のだ、動詞（現在・過去・テ・イル形）＋のだ

意味——自分で自分に言いきかせる、自分を納得《なっとく》させる含《ふく》みがある。

(1)　あいつがみんな悪いんだ。

(2)　今日は休みだったのだ。

練習問題〔六〕

一　文中の「の（　　）」が文の意味を変えずに「こと」か「もの」に置き換えられる時はその適当な方を書き入れなさい。置き換えられない時には×を入れなさい。

【例】　あんなの（もの）が買いたいんです。

1　その自転車は友達の（　　　）だから借りられる。
2　私はあの絵が素晴らしいと思うけれど山田さんに言わせるとあんなの（　　　）はいい絵だと言えないという。
3　明治維新《いしん》というの（　　　）は、いわゆる革命《かくめい》と呼べるのだろうか。
4　私が知りたいの（　　　）は日本語をマスターするの（　　　）に何年かかるかということだ。
5　毎日三時間かけて通学するの（　　　）は容易《ようい》ではない。
6　このごろは、大学を卒業したにしても職を得るの（　　　）が大変らしい。
7　私達がきのう話していたの（　　　）はこの本のことです。
8　彼が仕事に成功できたの（　　　）は家族が大きな支《ささ》えになっていたからだ。
9　宣伝カーの声は皆が迷惑しているの（　　　）を知っているの（　　　）だろうか。
10　あなたの（　　　）をちょっと拝見させて下さい。
11　私は田村さんが先生と話しているの（　　　）を見ました。
12　自分の意見がはっきり言えるの（　　　）は大切なことだ。

13　あまり見ない漢字は思い出すの（　　　）に時間がかかる。

14　洋服の色が濃いの（　　　）は私には合わない。

二　傍線部《ぼうせんぶ》の「の・ん」が何を表しているか、記号a～dで答えなさい。

a　婉曲《えんきょく》な説明　b　強調・主張　c　説明をさらに求める　d「こと」

1　実際、富の弱虫にはよわった。その上、二人のしていることを全部、罪悪だと思い込んでいる①のには閉口した。僕は二人の関係がただのいわゆるいたずらな関係ではない②のだ、僕が出世《しゅっせ》したら必ず正式に結婚する③のだからとなんべん言ってきかしたか知れない。富もそれは非常に喜んでいたが、やはり悪いことをしているという気はどうしても抜けなかった。とにかく古くさい型にはまった女な④のだ。ただのくだらない女な⑤のだ。しかし、それで、僕にはすこしもわるくは無かった⑥のだ。

（志賀直哉「佐々木の場合」）

2　ある朝のこと、自分はいっぴきの蜂《はち》が玄関の屋根で死んでいるの①のをみつけた。（省略）見るたびに一つ所に全く動かずにうつむきに転がっている②のをみると、それがまた、いかにも死んだものという感じを与える③のだ。

（志賀直哉「城の崎にて」）

1　①（　）②（　）③（　）④（　）⑤（　）⑥（　）

2　①（　）②（　）③（　）

〔元〕　はず

1　当然の予測・期待

用法——名詞＋の＋はず、イ・ナ形容詞（現在・過去形）＋はず、動詞（現在・過去・テ＋イル形）＋はず

意味——当然のこととしての予測・期待を表す。確信的には言えないが、それまでの事情を基にして、推論した主体的判断と言える。「はずがない」は意味が異なる。

(1) 今日は日曜日だから、どこでも休みのはずです。

(2) 三時の飛行機で着《つ》くと言っていたから、もうそろそろ現れるはずです。

(3) それぐらいのことは、子供でも知っているはずです。

【注】

a 「はず」の否定形における意味の違い。

「来ないはずだ」　推論の結果が否定「…ではない」という場合に使う。

(1) 田中さんは昨日頭が痛くて来たくないと言っていたから、今日は来ないはずです。

b 「来るはずがない」　来るか来ないかというような質問に対して直感的に自分が推論したことがありえない場合、つまり、推論の内容そのものを否定するのではなく、推論それ自体を否定するときに使う。

(1) 田中さんは今日来ますか。

(2) 昨日頭が痛くて来たくないと言っていたから、今日は来るはずがない。

2　納《なっ》得《とく》

用法——名詞＋の＋はず、イ・ナ形容詞（現在・過去形）＋はず、動詞（現在・過去・テ＋イル形）＋はず

意味——納《なっ》得《とく》を表す。話し手自身がある事柄について、なんらかの事情から当然だと確認する。

(1) 君はアメリカに長く住んでいたんだから、英語が巧《うま》いはずだ。

(2) あんまり勉強しなかったんだから、テストはうまく行かなかったはずだ。
(3) 借りた本は全部返したはずなのに、図書館からまだ返っていないと連絡がありました。

3 **予　定**

用法——名詞＋の＋はず、イ・ナ形容詞（現在・過去形）＋はず、動詞（現在・過去・テ＋イル形）＋はず

意味——予定を表す。話手の主体的判断を表すのではなく、予測・予定されていることに基づいている。

(1) 先生の話では今日の講義は早めに終わるはずだったのに、十分《じゅっぷん》もオーバーした。
(2) 今日はテニスをするはずになっています。

4 **自然の道理**

用法——名詞＋の＋はず、イ・ナ形容詞（現在・過去形）＋はず、動詞（現在・過去・テ＋イル形）＋はず

意味——自然の道理を表す。

(1) 日本のような経済大国にはこれぐらいの援助金は出せるはずだ。
(2) このままですむはずがない。

5 **慣用的表現**

a **当然の帰結**

「そのはずだ・だった」 自分の判断、他人の判断に対して、自分の推論からしても「そうなる」

との確信を相手に与える。

(1) 田中さんは来ますか。

(2) はい、そのはずです。

【注】「その」以外の指示詞は使えない。

(誤) このはずです。あのはずです。どのはずです。

b　**強い否定**

「そんなはずはない・なかった」 相手の言ったことの可能性をはっきりと強く否定する。

(1) 田中さんが来るそうですよ。

(2) いや、そんなはずはない。

【注】「そんな」以外は使えない。

c　**残念な気持ち**

「こんなはずではない・なかった。」のように自分が予想・期待したとおりの結果が出なかった時に使う。残念だという気持ちが入っている。

(1) どうしましたか。うまく行きませんね。

(2) ああ、どうしたんだろう。こんなはずではなかったんだが…。

【注】似た断定表現との比較

a 「…のだ」 ある事柄の理由やそれが事実であるということで、自己の判断を強く主張または説明して、相手に納得《なっとく》させる意図がある。これは「はず」の場合の自分自身の納得《なっとく》とは違う。

b 「…わけだ」「ということになる」と言い換えることが出来るが、「はず」の場合は話し手の主観が入り込むことが多く、自分の思ったことに相手も同意させようとする気持ちが入っていることが多い。その場合は非常に客観的な推論の結果をいう「ことになる」は使わない。「…わけだ」、「ということになる」は「はず」とは違って未知《みち》の推論ではなく、だれにも分かる事実を並べて、事実だからこういう結論になると推論して、断定する。

c　「…ものだ」　過去の回想。自然に「そうなる」、「そうする」のが自然であると考える場合、つまりそういう一般的な傾向があることを断定するときに使う。

d　「はずだ」は未知の事の推論によって推測・予想して断定するが、予想したとおりになることへの期待の気持ちがあることが多い。

練習問題〔元〕

一　例文a～dを読んで、次の文の中に「はず」の同じ使い方があれば、（　）の中にその記号を入れなさい。

a　それぐらいの事は子供でも知っているはずです。（予測）

b　今日はテニスをするはずになっています。（予定）

c　何も食べないんだから、痩《や》せているはずです。（納得《なっとく》）

d　悪い事をしたんだから、このままですむはずがない。（道理）

1　（　）日本に十年以上も住んでいるんですから日本語に困らないはずでしょう。

2　（　）午後に会議があるはずだったんですが、取り止《や》めになりました。

3　（　）今日はどこも休みのはずだから、それを売っている店を捜そうとしてもむだです。

4　（　）星がいっぱい出ているから、明日はよい天気になるはずです。

5　（　　　）こんなに重たいものを子供が運べるはずがないでしょう。
6　（　　　）軍部としてはこんなに長く戦争を続けるはずではなかった。
7　（　　　）田中さんは、今日は土曜日だから、来るはずです。

二　（　　　）内の言葉を使って「わけだ」、「ものだ」、「のだ」、「はずだ」のうちで一番適当なものを選んで、必要ならば形も変えて文を完成しなさい。

1　君だって同じ立場にあるんだから、僕がどんなに困っているか（　　　　）（分かる）。
2　そうやって言い訳ばかりいうところをみると、僕を助けるの（　　　　）（気が進まないという）。
3　いや、困っている友人を見捨てるつもりは（　　　　）（ない）が、今は子供の学校やら家のローンの返済やらで、僕のほうにだって、融通《ゆうずう》できる余裕が（　　　　）（ない）、すまないが許してほしい。
4　友人同士困ったときは（　　　　）（助け合う）とは分かっているがいつもそう出来るとは限らないようだ。
5　この液体とその液体を均等《きんとう》の割合で混《ま》ぜると、異質の液体が（　　　　）（できる）。
6　「あっ、そうか。あの二人は喧嘩《けんか》したのだから、もういっしょに学校には（　　　　）（来ない）。これで、その理由が分かった。
7　良かれと思って、親切にしたのに、かえって裏目に出てしまった。本当は（　　　　）（こうではない）ので、困ってしまった。
8　日本は経済大国として、それ相応《そうおう》の役割を（　　　　）（果《は》たす）というのは、アメリカを初め諸外国の考え方です。

9　シンデレラのお姉さん達は靴を見ただけで、（　　　　）（はけない）と分かっていながら、はくだけは（　　　　）（はいてみる）。

10　人の考えていることは、（　　　　）（分からない）で、三十年も一緒に（　　　　）（生活していた）に、急に（　　　　）（別れる）そうです。

11　徳川幕府《とくがわばくふ》の鎖国《さこく》政策は日本独特の文化を作り（　　　　）（あげる）に、重要な役割を（　　　　）（果《は》たす）が、一方では、日本の近代化を遅らせる要因《よういん》に（　　　　）（なった）もいなめない事実である。

三　次の文を「はず」を使って同じ意味の文にしなさい。

1　本会議は午後三時から再開される予定になっている。
（　　　　）

2　彼は十六歳までフランスに居たんだから、フランス語が巧《うま》いわけです。
（　　　　）

3　今日は遅くなると言っておいたのだから、晩御飯ぐらい用意しておいてあるでしょう。
（　　　　）

4　どこか部屋の中にあるにちがいないから、もう一度よく捜してごらんなさい。
（　　　　）

5　先生はもう五、六分で部屋に戻っていらっしゃるだろうからここで待ってみたらどうですか。
（　　　　）

〔三〇〕　ばかり

1　程度

用法——イ・ナ形容詞（現在形）＋ばかり、動詞（現在形）＋ばかり

意味——比喩《ひゆ》によって程度を表す。

(1) 憎《にく》らしいばかりのできである。
(2) 目を見張《みは》るばかりの素晴らしさだった。
(3) 雲をつくばかりの大男に出会った。
(4) 泣かんばかりに頼んだ。
(5) 嫌《いや》だといわんばかりの顔をしていた。

2　分量・程度

用法——数詞＋ばかり

意味——だいたいの分量・程度を表す。

(1) 三百万ばかり貸して下さい。
(2) 五分ばかり待つと汽車が着《つ》きました。
(3) ガソリンが三リットルばかり残っています。

3　時点（完了）

用法——動詞（過去形）＋ばかり

意味——動作がちょうど完了した状態にあることを表す。

(1) 今、旅行から帰ったばかりなので今日は失礼します。
(2) 今、出発したばかりだ。
(3) まだ、日本語を習い始めたばかりです。
(4) 御飯を食べたばかりですから、何も食べられません。
(5) 家の主人は引退したばかりなのに、もう次の仕事を計画しています。

4 反復

用法——動詞（テ形）＋ばかり＋いる
意味——動作及び行為の繰り返しを表す。

(1) 泣いてばかりいないでこっちに来なさい。
(2) 働いてばかりいる日本人は批判される。
(3) 休んでばかりいないで少しは働いたらどうですか。

5 原因・理由

用法——イ・ナ形容詞＋ばかりに、動詞（現在・過去・テ＋イル形）
意味——好ましくない理由を強調して表す。

(1) 金《かね》がないばかりに馬鹿にされた。
(2) 昨晩蚊《か》が一匹いたばかりに、眠る事が出来ませんでした。
(3) 腹《はら》を立てたばかりに損をした。
(4) 彼女をよく見たいばかりに、わざと彼女の二、三歩後を歩いた。

6　強　調

用法——名詞＋ばかり、イ・ナ形容詞（現在・過去形）＋ばかり、動詞（現在・過去・テ＋イル形）＋と＋ばかり

意味——強調の気持ちを表す。

(1) 今度ばかりは驚いた。
(2) こればかりは確かだ。
(3) 早いばかりが能ではない。
(4) 死んだとばかり思っていた人から手紙が来て驚いたよ。

7　限　界

用法——名詞＋ばかり、イ・ナ形容詞（現在形）＋ばかり、動詞（現在・過去・テ形）＋ばかり

意味——「それだけ」、「外にはない」という限界を表す。

(1) 食べるばかりで、外に何の能もない。
(2) 座ってばかりいないで、少しは働きなさい。
(3) この家は大きいばかりで、間取《まど》りが悪いから、不便だ。
(4) 英語ばかりでなく、フランス語も分かります。

練習問題〔三〕

一（　）の中の正しいものを選びなさい。意味を変えずに両方言える場合は二つ選びなさい。

1　日本人はいつも働いているという批判を受けている。

2 日本人は働いて（だけ・ばかり）いると批判を受けている。
今度は特に困って親に相談した。

3 今度（だけ・ばかり）は困って親に相談した。
大学で勉強するのに十分《じゅうぶん》なお金をもらっている。

4 大学で勉強出来る（だけ・ばかり）のお金を送ってもらっている。
英語が分からなかったために失礼してしまった。

5 英語が分からなかった（ばかりに・だけに）失礼をしてしまった。
背が高いのでその結果バスケットの選手になった。

6 背が高い（だけあって・ばかりに）バスケットの選手になった。
東京から今帰ったところなのにまた出張しなければならない。

7 東京から帰った（ばかり・だけ）なのに、また出張しなければならない。
あの人は文句を言うだけでちっとも仕事をしようとしない。

8 あの人は文句を言って（だけ・ばかり）いて、ちっとも仕事をしようとしない。
三百万円ほど貸してください。

9 三百万円（ばかり・ぐらい）貸してください。
聞かれないのに「食べたい」と言うような顔をしていた。

10 聞かれないのに「食べたい」と言わん（だけ・ばかり）の顔をしていた。
安物を買ったために結局損をした。
安物を買った（ばかりに・だけに）損をした。

一　次の文中の「ばかり」の意味と同じになるように、次の語の中から適当なものを選んで、正しい形にして書き換えなさい。どの語も一度は使うこと。

ぐらい　ところ　せい　だけ　ほど　そう

1　日本語が分からないばかりに、道を間違えてしまった。（　　）

2　この店は食べ物ばかりでなく、雑貨も売っています。（　　）

3　すがりつかんばかりに頼んでも、あの人は聞き入れてくれなかった。（　　）

4　まだ日本語を習い始めたばかりだから、漢字は少ししか書けません。（　　）

5　郵便局はここから十メートルばかり行ったところにあります。（　　）

6　思っていることをはっきり言わなかったばかりに、誤解されてしまったようだ。（　　）

7　この秘密ばかりは口が裂《さ》けても、人に言うわけにはいかない。（　　）

8　彼の作品を理解し、愛するのが限られた数の人ばかりだというのがとても残念です。（　　）

9　夏の間、キリギリスは遊んでいるばかりで、働かなかったから、冬になって困ったんです。
（　　　　　　　　　　　　　　　　　　　　　　　）
10　小さな女の子は迷子《まいご》になったらしく、今にも泣きだしさんばかりの顔をして、あたりを見回していた。
（　　　　　　　　　　　　　　　　　　　　　　　）

〔三〕

＊ふし

1　**方面・分野**

用法——イ形容詞＋ふし

意味——目立ったところ、きわだった所を表す。文語的用法。

(1)　あの人物《じんぶつ》は、疑わしい節《ふし》がある。

〔三〕

＊ぶん

1　**状態・様子・事態**

用法——名詞＋の＋ぶん、指示代名詞＋ぶん、動詞（現在・過去形）＋ぶん

意味——他と区別される様子。

(1)　この分でいけば明日は雨だ。

(2)　これだけの金があれば一人で生活する分には困らない。

〔亖〕

＊ほう

1　**方面・分野**

用法――名詞＋の・だった＋ほう

意味――事柄や人の属する側・分野を意味する。

(1)　私が得意とするのは邦楽のほうで、洋楽は全然だめだ。

(2)　学校の事務局のほうに提出する書類はもう用意できましたか。

2　**比　較**

用法――名詞＋の・だった＋ほう、イ・ナ形容詞（現在・過去形）＋ほう、動詞（現在・過去形）＋ほう

意味――二つの状況・事柄・行為等を比べて、一方が程度としてもっと上（下）であるとか、どちらかというと傾向として、よりそういう傾向が強いことを表す。

(1)　私は酒より甘党の方なんです。

(2)　彼には今度の試験はどちらかというと難しかった方でしょうか。

(3)　マッターホルンよりエベレストの方が高い。

(4)　勉強するより遊ぶ方がいいなんて言っているのはだれですか。

3　**慣用的表現**

a　**助　言**

用法――動詞（過去形）＋ほうがいい

意味――助言を表す。

(1)　疲れているなら、早く寝た方がいいですよ。

(2)　よく分からなかったら、質問をした方がいいですよ。

練習問題〔三〕

一　次の質問に「ほう」を使って答えなさい。答には（　）の中の言葉を使って答えなさい。

1　ちょっと頭が痛いんですが、どうしたらいいでしょうか。（医者へ行く）

（　　　　　　　　　　）

2　今度のテニスの試合は去年と比べて、どうでしたか。（面白い）

（　　　　　　　　　　）

3　揚子江《ようすこう》とアマゾン川では、どちらの方が長いですか。（アマゾン川）

（　　　　　　　　　　）

4　あなたは何に興味がありますか。（音楽）

（　　　　　　　　　　）

5　日本語を読んだり、書いたりして勉強するのと、聞いたり、話したりして勉強するのと、どちらのほうが自分に合っていると思いますか。〈自分の答〉

（　　　　　　　　　　）

〔四〕　*ほど

1　様　子

用法——名詞＋ほど

意味――「こと、ようす」を表す。

(1) ご自愛《じあい》のほどをお祈り申し上げます。

(2) 立派に更正の道をたどるという覚悟《かくご》のほどを見せてもらいたいんです。(太宰《だざい》治《おさむ》『人間失格』)

(3) 父親は窓際《まどぎわ》に来て、幾度《いくど》も厚意のほどを謝《しゃ》し、後に残ることに就《つ》いて、万事《ばんじ》を託《たく》した。(田山花袋《たやまかたい》『蒲団《ふとん》』)

2　程　度

用法――時間及び距離の名詞＋ほど

意味――大体の数量を表す。

(1) 大学までは一時間ほどかかる。

(2) 島は海岸から五キロほどの所にある。

3　比較の基準

用法――名詞＋ほど、動詞（現在、過去形）＋ほど

意味――程度、限界を表すための比較の基準を示す。肯定の場合は「ぐらい」と置き換えられる。

(1) 頭痛で医者へ行くほどだった。

(2) 風邪《かぜ》を引いたけれど医者へ行くほどじゃなかった。

(3) 日光《にっこう》の寺は噂《うわさ》ほどじゃなかった。

(4) 食べ物は多過ぎて余るほどだ。

(5) 彼は憎らしいほど絵がうまい。

(6) 今までほどにお金がいらなくなった。

4 慣用的表現

a 最上級

用法——名詞＋ほど、イ・ナ形容詞（現在形）＋ほど、動詞（現在形）＋ほど

意味——特定の文型を用いて最上級を表す。程度の変化による状態の変化を表す。（比例）

(1) 日本ほど面白い国はない。

(2) 子供に死なれるほど悲しいことはない。

b 比例

用法——イ・ナ形容詞（仮定形）＋ほど、動詞（仮定形）＋ほど

同じ文中の形容詞と動詞は全く同じであるか、または、同義語でなければならない。

意味——程度の変化による状態の変化を表す。

(1) 絵は高ければ高いほど有名になる。

(2) 計画は考えれば考えるほど理解出来なくなる。

(3) 通りは賑《にぎ》やかなら賑《にぎ》やかなほどもっと人が集まる。

練習問題〔三四〕

一 次の文中の「ほど」のうち、「ぐらい」、「だけ」に変えても意味が変わらないものはどちらか適当なものを入れなさい。変えられないものには×を入れなさい。

1　私もあなたほど（　　　）スマートならいいんですけどね。
2　その場にいられないほど（　　　）恥かしかった。
3　子供は元気過ぎるほど（　　　）がいいんです。
4　読めば読むほど（　　　）面白くなる。
5　あれほど（　　　）親切にしてあげたのに分かってもらえなかった。
6　使いきれないほど（　　　）のお金があったら何がしたいですか。
7　車ほど（　　　）便利な発明品は少ない。
8　この参考書はやさしいから買うほど（　　　）じゃない。

二　「ほど」を使って、次の文章を意味を変えずに書き換えなさい。

1　奈良《なら》の法隆寺《ほうりゅうじ》は世界で一番古い木造《もくぞう》の建造物です。
（　　　　　　　　　　　　　　　　　　　　）
2　禅問答《ぜんもんどう》について考えているうちに、ますます分からなくなって、頭が痛くなってきた。
（　　　　　　　　　　　　　　　　　　　　）
3　あの映画はみんなが絶賛していたが、そんなにいい映画だとは思わなかった。
（　　　　　　　　　　　　　　　　　　　　）
4　あの学生ぐらい真面目《まじめ》に勉強する人はなかなかいないでしょう。
（　　　　　　　　　　　　　　　　　　　　）
5　この田舎道《いなかみち》を三キロばかり行ったところに小さな温泉宿《やど》があります。
（　　　　　　　　　　　　　　　　　　　　）

〔三五〕　＊ま

1　瞬　間

用法——名詞＋の＋ま、動詞（現在形）＋ま

意味——二つの状況に狭《はさ》まれた瞬間。ちょうど良いころ合い。

(1)　間を見はからって話しかける。

(2)　留守の間にだれかお客さんが来たらしい。

(3)　仕事の間をみて好きな釣《つ》りにも行っています。

(4)　寝る間も惜しんで頑張る。

練習問題〔三五〕

一　次の文を読んで、「あいだ」か、「ま」か、意味としてより適切と思われる方を入れなさい。

1　とても安くて、新鮮な魚だったから、見る（　　　　）に売り切れた。

2　一週間留守した（　　　　）にだれか来たらしい。

3　私とあなたの（　　　　）の関係はそんな安っぽいものじゃないはずです。

4　食べている（　　　　）じゅうずっと話し続けていました。

5　あっという（　　　　）に全部食べてしまいました。

6　「鬼《おに》の居ぬ（　　　　）に洗濯《せんたく》じゃぶじゃぶ。」

7　そんなに急に言われたって、準備する（　　　　）もありゃしない。

8　あの人は長話《ながばなし》だから電話をしている（　　　　）にちょっと顔を洗ってきます。
9　長い（　　　　）お待たせして申し訳ありませんでした。
10　品物の納期《のうき》が迫《せま》っていることもあって、従業員は皆少しの（　　　　）も惜しんで働いている。

〔三六〕 ＊まま・ままに・ままで

1　**様子**

用法――名詞＋の・だった＋まま、イ・ナ形容詞（現在・過去形）＋まま、動詞（現在・過去・テ＋イル形）＋まま

意味――なりゆきに任せること。

(1)　足の向くままに歩いて行く。
(2)　あの人は忠告されるままにうなずいていました。
(3)　私の家は倒れたままだった。

2　**変わらない様子**

用法――名詞＋の・だった＋まま、イ・ナ形容詞（現在・過去形）＋まま、動詞（現在・過去・テ＋イル形）

意味――現状維持。その状態を変えないこと及び、変わらないこと。さらに、文の内容によっては、本来なら変えて行くべきなのに変えずにそのままの状態にしておくこと、及び、そのままの状態であることを表す。その場合は否定的な示唆《しさ》がある。（文例(4)(5)(6)）

(1)　野菜は生のまま食べる方が栄養があるんですよ。

(2) あの家は私が住んでいた頃のままです。
(3) 汚いままで結構です。どうぞご心配なく。
(4) 田中さんはアメリカに行ったままで、もう日本には帰って来ないそうです。
(5) 着たままで失礼します。
(6) テーブルの上は食べ散らかしたままです。

3 同時進行

用法——動詞(過去形)+まま(で)

意味——主文に別の動作が来る場合、主文には継続《けいぞく》を表す動作動詞《どうさ》が使われる。この場合は従文と主文の主語は同じでなければならない。

(1) テレビをつけたまま眠っています。
(2) 座ったままで聞いて下さい。

練習問題〔三六〕

一 次の文を読んで、(　)の中に「に」、「で」、また、どちらも必要がない場合には×を入れなさい。また、それぞれの文が「様子」を示す場合はア、「現状維持」の場合はイ、「同時進行」の場合はウを入れなさい。

1 あのひとは内心ぐずぐず思うまま(　　　　)、何も言おうとしない。
2 思いつくまま(　　　　)何でも書いてみたらどうですか。
3 時計は壊れたまま(　　　　)してあります。

4　そのまま（　　　　）いいから早くしてください。
5　クーラーをつけたまま（　　　　）寝ると風邪《かぜ》を引きますよ。
6　オーバーを着たまま（　　　　）失礼します。
7　その話は中断したまま（　　　　）です。
8　いつまでも怒ったまま（　　　　）なかなか機嫌《きげん》を直そうとしない。
9　目を閉じたまま（　　　　）、このメロディーを聞いていると、あの時のことが思い出されて、胸が痛くなる。

二（　）の中の言葉を「まま」を使って適当な形に変えて、文を完成しなさい。
1　靴《くつ》を（　　　　）（はく）家に上がらないでください。
2　新鮮な魚のいい食べ方は、何も（　　　　）（手を加えないで）刺身にして、食べるのが一番です。
3　気が（　　　　）（むく）生活するのはやさしいようで、難しいもんですねえ。
4　さんざん（　　　　）（世話になる）お礼の手紙の一通もよこさない。
5　一年中部屋に布団《ふとん》を（　　　　）（敷《し》く）から、不潔なこと極《きわ》まりない。

三　次の文を「ながら」、「とおり」、「(た)きり」のいずれかを使って書き換えなさい。
1　座ったままで話をお聞きください。
（　　　　）
2　聞いたままの事を私に言ってごらんなさい。
（　　　　）

3 言われるままに金を払った。（　　）

4 あの人は田舎《いなか》に引っ込んだまま、二度と東京へ出て来ようとはしなかった。（　　）

5 こたつとアイロンをつけたまま、電気ストーブを使うとヒューズが飛びます。（　　）

〔三七〕 みたい

「（の）よう」と言い換えられるが、「みたい」は話し言葉のみに使われる。

1 比《ひ》況《きょう》

用法――名詞＋みたい

意味――性質や状態が何かと似ていることを表す。

(1) マッチ箱みたいな家ですねえ。

(2) あの外人は日本人みたいな顔をしています。

(3) まだ二月だというのにもう春みたいです。

2 推測

用法――名詞＋みたい、イ・ナ形容詞＋みたい、動詞＋みたい

意味――不確《ふたし》かなまま遠回《とおまわ》しに断定する。

(1) 昨晩は雨が降ったみたいだ。
(2) 隣の家にはだれもいないみたいです。
(3) あそこを歩いているのはスミスさんみたいです。
(4) こんどの先生の講義は分かりやすいみたいよ。

3 強調

用法――名詞＋みたい
意味――例を示して、強調する。

(1) 僕みたいな者はお役に立ちませんよ。
(2) あなたみたいな方と結婚出来たらいいんだけど。
(3) 日本みたいな貿易国家は世界平和なしでは存続出来ないと思います。

練習問題〔三七〕

一 例文の「みたい」と同じ使い方のものに○をつけなさい。

【例】 そうやって髪を結《ゆ》って、着物を着ると、日本人形みたいだ。

1 そうやって手に手を取って歩いていると、恋人同士みたいです。
2 君みたいな冷たい人間には人の悲しみや苦しみが分かるはずがない。
3 芥川賞受賞《あくたがわしょうじゅしょう》作家の講演会はもう終わってしまったみたいですよ。
4 こんなに易《やさ》しい問題を間違えるなんて、自分でも馬鹿みたいだと思う。

5 酒を飲んで真っ赤な顔をして、お猿《さる》さんみたい。
6 子供は全部上の子みたいによく出来て、素直だったら楽なんだけど。現実はそううまくは行かない。
7 あの様子では運転免許の実地《じっち》テストをまた失敗したみたいですねえ。

二 次の語句の中から一番適切なものを選んで文を完成しなさい。
ア 他人事《ひとごと》であるかのごとく説明した　イ たとえられる　ウ そっくりですね
エ 夢のようですわ　オ みたいな味がします　カ あなたみたいに

1 アリはよく働き者に（　　）。
2 あの方にまたお会い出来るなんて、（　　）。
3 まあ、この赤ちゃんはお父さんに（　　）。
4 病人は自分の病状について、あたかも（　　）。
5 これが豆腐《とうふ》から作ったアイスクリームですか。本物（　　）。
6 （　　）素晴らしい人に会えて感激です。

三 （　）の中に適当な平仮名を一字入れなさい。必要でなければ×を入れなさい。
1 この風呂は硫黄《いおう》みたい（　）臭いがします。
2 お父さんがやったみたい（　）してごらん。
3 今日は随分冷えますね。もう冬が来たみたい（　）だ。

四　次の文を読んでa、b両文ともに同じ意味である場合は○、違う場合は×を書きなさい。

1（　）a 昨日の夜は大風《おおかぜ》が吹いたらしいですね。木が沢山倒れています。
　　　b 昨日の夜は大風《おおかぜ》が吹いたみたいですね。木が沢山倒れています。

2（　）a その洋服を着ると学生らしくみえます。
　　　b その洋服を着ると学生みたいにみえます。

3（　）a あなたみたいに立派な人物に政治家になってもらいたい。
　　　b あなたのような立派な人物に政治家になってもらいたい。

4（　）a 馬鹿みたいなことを言わないでください。
　　　b 馬鹿らしいことを言わないでください。

5（　）a 音がしないから、もう寝たそうです。
　　　b 音がしないから、もう寝たみたいです。

〔三八〕　*むき

1　**方面・分野**

用法——名詞＋むき

意味——付いている名詞に適しているように作られていることを表す。

(1) 女性向きのワイン

(2) 子供向きの部屋。

(3) 若向きのセーター。

(4) 外出向きのバッグ。

(5) 旅行向きのスーツケース。

練習問題〔三八〕

一 「むき」を使って、文を完成しなさい。

1 甘いシェリーは（　　　　　　　　）のお酒です。

2 このバッグは大き過ぎて、このロング・ドレスには合わないから（　　　　　　　　）じゃありませんね。

3 来週ヨーロッパへ出張に行くことになったから（　　　　　　　　）のスーツケースを買わなければなりません。

4 この部屋の壁紙は可愛い動物の模様《もよう》だから（　　　　　　　　）の部屋としてちょうどいい。

〔三九〕 もの

1 当然の帰結

用法――動詞（現在形）＋もの

意味――一般的と考えられる概念とその当然の帰結を表す。

(1) 年を取ると目が悪くなるものです。

(2) 楽しい思い出はなかなか忘れないものだ。

(3) 時には苦しいこともあるものです。

(4) 慣れるまではだれでも難しく感じるものです。
(5) 成功すれば嬉《うれ》しくなるものです。

2 過去の習慣

用法——イ・ナ形容詞（過去形）＋もの、動詞（過去形）＋もの
意味——繰り返された動作および過去の経験を回想して表す。

(1) 毎年冬には屋根まで雪が降ったものだ。
(2) 学生時代にはよく遅くまで帰らなかったものだ。
(3) 若いころには言いたい放題《ほうだい》を言ったものだった。
(4) 昔は、車の運転免許の試験なんか易《やさ》しかったものだ。
(5) 以前、家の回りは静かだったものだ。

3 感《かん》慨《がい》

用法——名詞＋の・だった＋もの、イ・ナ形容詞（現在・過去形）＋もの
意味——話し手の感慨《かんがい》を表す。

(1) ジェット機というのは速いものですね。
(2) 『源《げん》氏《じ》物語《ものがたり》』を読みこなすなんてよく勉強したものだ。
(3) 夏中アルバイトするとはよく働くものですね。
(4) 長いこと準備したのに失敗するなんて、分からないものですね。

4 主張

用法──名詞＋な＋もの、イ・ナ形容詞（現在形）＋もの、動詞（現在形）＋もの

意味──話し手の主張を強調して表す。「か」を伴《ともな》って疑問・反語・逆接的な感情を強調する。

(1) だれがこの家を人手に渡したりするものですか。
(2) 君の作った料理など食べられたものではない。
(3) 社会に出てから何が役に立つかなんて分かったもんじゃない。
(4) 私はまだ小さかったものだからよく覚えていません。
(5) まだ子供なものだから、ふざけたがる。
(6) だれか教えてくれる人がないものかと捜し歩いた。
(7) あの人が親切じゃないものですか。

5 仮定

用法──イ形容詞（意志形）＋もの＋なら、ナ形容詞（現在形）＋もの＋なら、可能動詞＋もの＋なら、動詞（意志形）＋もの＋なら

意味──ほとんど不可能と思われることを仮定する表現。

(1) いつかパリへ行けるものなら、行ってみたいんです。
(2) バーゲンで外より安かろうものならあっという間に売り切れる。
(3) 目立つ服を着ようものなら皆に見られる。

6 推測

用法──イ・ナ形容詞（現在・過去形）＋ものか、動詞（現在・過去・テ＋イル形）＋ものか

意味——理由を推測する場合。

(1) あの人はもう卒業したものかこのごろ姿が見えません。

(2) あの映画は恐かったものか皆が青い顔をしている。

(3) 字が下手なものかいつもタイプライターで書く。

7

断　定

用法——イ・ナ形容詞（現在・過去形）＋もの、動詞（現在・過去・テ＋イル形）＋もの

意味——「…のだ」と同じ断定の意味を表す。

(1) 風でドアが開いたものと思います。

(2) このお菓子はあの子が取ったものとしか思えない。

8

強　調

用法——動詞（テ形）＋からというものは

意味——「…てから」という時点の意味を強調する。

(1) その本を読んでからというものは、いつも自然と人間というテーマが頭から離れなかった。

(2) 日本に着いてからというものは休む暇がなかった。

9

逆　接

用法——名詞＋である・だった＋ものの、イ・ナ形容詞（現在・過去形）＋ものの、動詞（現在・過去・テ＋イル形）＋ものの

意味——「…のに」という逆接を表す。

(1)　京都まで行ったものの金閣寺《きんかくじ》は見ませんでした。

(2)　このポスターは日本語であるものの外来語が非常に多い。

10　原因・理由

用法――名詞＋な・だった＋もの、イ・ナ形容詞（現在・過去形）＋もの、動詞（現在・過去・テ＋イル形）＋もの

意味――文の終わりについて理由を表す終助詞。文中の従属文につく接続助詞の場合もある。主に女性に使われる形。

(1)　それぐらいのことは知っています。だって、新聞で見ましたもの。

(2)　眺《なが》めが美しいのだもの、建物などはどうでもよい。

11　説明

用法――「…」と言う／と言った／と言われる／なる＋もの

意味――氏名・品名、または同一物を説明し、引いては、同格を表す。

(1)　共産主義というものは実社会に適応した理論でない。

(2)　ASEAN諸国とは、「インドネシア、マレーシア、フィリピン、タイ、……」といったものです。

【注】　実質名詞

用法――実質名詞として使われる。

意味――人、物を表す。

(1)　お金を払ったものは家へ帰ってもいいそうだ。（人）

(2)　お金を払ったものは家へ持って帰ってくださいよ。（物）

練習問題〔三九〕

一　「もの」、「の」、「こと」のうち正しいものを（　　）の中に入れなさい。

1　雨にもかかわらずファンがどっと押し寄せている（　　）からも、彼の人気がすごい（　　）が分かる。

2　急に雨が降って来た（　　）だから、すっかり濡《ぬ》れてしまった。

3　日本が戦後目ざましい復興を遂《と》げた（　　）は、外国からの援助と日本人の勤勉さがあったからです。

4　このアパートは安くて静かな（　　）はいいんですが、交通が不便な（　　）には困ります。

5　風邪《かぜ》を引いている（　　）にそんなに無理をしないで下さい。

6　よく分かりもしない（　　）に、知ったかぶりをしない方がいいですよ。

7　私がいま一番したい（　　）は、一日中、何もしないで、ひとりで音楽を聞きながら本を読む（　　）です。

8　昔は日本でも家族の結びつきは強かった（　　）ですが、最近は核《かく》家族という形が一般的になって来ています。

9　日本は経済大国である（　　）の、国際政治の舞台で果たす役割はまだまだ小さいようだ。

10　家庭の事情で、待望《たいぼう》の留学を諦《あきら》めなければならない太郎の苦しみを見る（　　）は本当につらいのだが、何とかならない（　　）だろうか。

11 分からない（　　）があったら、いつでも聞いて下さいと言っていた（　　）に、いざ質問に行くと、時間がないから、別の日に来るように言われた（　　）には驚かされた。

12 太宰治《だざいおさむ》の作品に出会ってからという（　　）は、私はすっかり彼に傾倒《けいとう》している。

13 驚いた（　　）には、ダーウィンの進化論《しんかろん》を否定する人がたくさんいる。

14 いつか書ける（　　）なら、いい小説が書きたい（　　）だと思って、くじける（　　）なく、細々《ほそぼそ》と仕事の合間《あいま》に執筆《しっぴつ》を続けている（　　）です。

15 何と言って説明した（　　）か、言葉が出て来ない（　　）には本当に困った。

16 苦労は本当に経験してみてからでないと、分からない（　　）だと言いますが、出来る（　　）ならば、あまり苦労などはしたくない（　　）です。

17 あの人に会った（　　）は、初めてなのですが、ずっと前から知っていたような気がする（　　）は不思議《ふしぎ》な（　　）だと驚いている。

二 選択肢《せんたくし》a～bがそれぞれの例文の「もの」と意味が同じものには○、違うものには×をつけなさい。

1 男が外へ出て稼《かせ》ぐものだという考えが支配的である。

a べきだ（　　）　b のだ（　　）　c ことだ（　　）

2 あなたとなんか行くもんですか。

a 行きませんよ（　　）　b 行くべきですか（　　）　c 行くわけにはいかない。（　　）

3　人に頼んだものか、自分でしたものか迷う。

a　頼んだ方がいいのかした方がいいのか（　）　b　頼んだらいいのか、したらいいのか（　）　c　頼んだのか、したのか（　）

4　あの会社は輸出に頼っていたので不景気で赤字になったもののようだ。

a　なったらしい（　）　b　なったわけだ（　）　c　なってしまったようだ（　）

5　新製品だからといって飛びついて買うもんじゃない。

a　買わない方がいい（　）　b　買うべきじゃない（　）　c　買わないはずだ（　）

〔四〕　＊ゆえ・ゆえに

1　原因・理由

用法――名詞＋ゆえ、ナ・イ形容詞（現在・過去形）＋ゆえ、動詞（現在・過去・テ＋イル形）＋ゆえ

意味――理由・わけを表す。文語的表現。

(1) 学生は規則により三分の二以上の出席を必要とされる。それゆえ三分の二以下の出席率の者は単位取得《しゅとく》の資格がない。

(2) 日本人のゆえに、だれにでもお辞儀《じぎ》をしてしまいます。

(3) 小中学校児童の自殺者が多いのは受験地獄《じごく》のゆえです。

〔四〕　よう・ように・ような

1　比《ひ》況《きょう》

用法――名詞＋の＋ように、イ・ナ形容詞（現在・過去形）＋ように、動詞（現在・過去・テ＋

イル形)＋ように

意味——比況《ひきょう》(「xはyのよう…」という構文で、yを説明するためにxをyに似ている例として示す。これらの用法の中には比喩《ひゆ》として決まったものも多い。その場合外の比《ひ》況《きょう》表現との言い換えをしない。)

(1) あの人は朝から晩まで、こまねずみのように働いています。(比喩《ひゆ》)
(2) 試合に勝って、あの子は鬼の首を取ったように得意になっている。(比喩《ひゆ》)
(3) 奥歯にものが挟《はさ》まったような言い方をして、はっきりしませんね。
(4) まだ春だというのに、夏のような暑さだ。
(5) このパンは石のように硬《かた》い。
(6) 親父が頑固《がんこ》だったようにあの息子も頑固《がんこ》だ。
(7) あの丸い顔がよく表しているように、あの人の性格は非常に円満です。
(8) 『サラダ日記』の本は著者の危惧《きぐ》に反して面白いようによく売れた。

2 **例示**

用法——名詞＋の＋ように、イ・ナ形容詞(現在・過去形)＋ように、動詞(現在・過去・テ＋イル形)＋ように

意味——似たもの、条件に合ったものを具体的な例として挙げて、説明する。また、それ自体について言う時にも使うが、その場合ある事柄を例示して、強調する意味になることが多い。

(1) いかにも見たように話す。

(2) だれにでもできるような易《やさ》しい試験でした。
(3) あなたのような真面目《まじめ》な学生ばかりなら先生も楽なんですが。
(4) あなたのような意地悪《いじわる》な人は嫌いです。
(5) 世の中があの方のように良い方ばかりだったらいいですが。

3
説　明

用法――名詞・指示代名詞＋の＋よう、動詞（過去形）＋よう

意味――すでに述べたこと、もしくはこれから述べることを参照して何かが一致する関係にあることを示して、内容を説明する時に使う。「…とおり」の言葉で言い換えられる。

(1) 電話で話したように、この問題はもう解決しました。
(2) 会社側は組合側からの要求にたいして次のように回答した。
(3) 御存知のように、我が国は天然資源に恵《めぐ》まれていないので、勢《いきお》い加工貿易経済に頼らざるを得ないのであります。（慣用）
(4) 上述のように、日本人の論理はすこぶる回りくどい。

4
推　測

用法――名詞＋の・だった＋よう、イ・ナ形容詞（現在・過去形）＋よう、動詞（現在・過去・テ＋イル形）＋よう

意味――不確かな判断・推量を表す。話者のその時の感覚に基づく主観的・直感的な判断であり、推量の助動詞「らしい」と言い換えることが多い。また、様態の「そう」とも似ているが、全く同じということではない。

(1) ベンツが二台もあるところをみると、あの人は商売がうまく行っているようだ。
(2) この問題は学生には少し難しいようだ。
(3) 上村さんは動物が好きなようですね。
(4) あの骨董品《こっとうひん》はかなり古い物のようだから、値段の方も相当じゃないでしょうか。
(5) 今日中に出来ないようなら、明日でもかまいません。

【注】 推量を表す「よう」は仮定文の主節には使えない。

(誤) 行けば、分かるようだ。

この「よう」は自分の感覚に基づく判断であるということから、話者自身の体等、内側の感覚、痛みについて推量する場合に使う。しかし、「らしい」は「よう」より客観的で確実な根拠に基づいた推量を表すことから、内側の感覚を推量して言う場合には使えない。

(正)(話し手自身) 今日は朝から虫歯が痛むようだ。

(誤)(話し手自身) 今日は朝から虫歯が痛むらしい。

(正)(他者) 子供は頭が痛いらしい。

「らしい」は外部にしっかりした判断の根拠があって、その根拠に基づいた推量。「そう」は視覚的な根拠に基づく推量。(「そう」の項を参照)

(正) 大型台風が来たら、この辺は洪水になるらしい。

(誤) 大型台風が来たら、この辺は洪水になるようだ。

(正) 大型台風が来たら、この辺は洪水になりそうだ。

5 婉《えん》曲《きょく》

用法——名詞+の・だった+よう、イ・ナ形容詞(現在・過去形)+よう、動詞(現在・過去・テ+イル形)+よう

意味――似ていることを例示することや話し手の主観的で不確かな判断の意を表すことから、直接的に強くはっきり言うことがためらわれる時や相手に不快感を与えるのを避けたい時に使う少し曖昧《あいまい》な言い方。また、自己の言葉に責任を持つことを回避《かいひ》するためにこの表現を使うこともある。

(1) このままで行くと、今に取り返しがつかないようなことになります。
(2) 今問題になっていることの要点がお分かりにならなかったようですから、もう一度、ご説明させていただきます。
(3) この洋服はちょっとあなたには合わないようです。
(4) A「この酒は何でしょうか。」
　B「さあ、分かりません。日本酒のようですが。」
(5) 学生の皆さんにはちょっと難しいようですねえ。

6　目的

用法――動詞(現在形)＋ように
意味――行為の目的を表す。

(1) 後ろの人にもよく聞こえるように、大きい声で言ってください。
(2) 遅刻しないように、目覚《めざま》し時計をかけておいてください。
(3) よく分かるように説明するのは思うほど易《やさ》しくはない。

7　勧告《かんこく》・願望《がんぼう》

用法――動詞（現在形）＋ように

意味――話者の相手にしてほしいことを表す。
(1) クラスには遅れて来ないように。
(2) 困ったときは連絡するように。
(3) いつまでもお元気でいらっしゃいますように。

8 慣用的表現

a 意《い》図《と》

用法――動詞(現在形)+ようにする
意味――意《い》図《と》的に努力することを表す。
(1) 明日からは毎朝六時に起きるようにします。
(2) 健康のために一週間に一度は泳ぐようにしようと思います。

b 状況による決定

用法――動詞(現在形)+ようになる
意味――話し手自身の意《い》図《と》も含まれているが、それよりも外からの影響、成《なり》行《ゆ》き、状況変化の推《すい》移《い》によってある状態になることを表す。
(1) 日本語が出来るようになりました。
(2) 日本がどうやらこうやら先進国の一員《いちいん》と認められるようになったのは日露《にちろ》戦争後のことです。
(3) 赤字が転じて黒字決算《けっさん》が出来るようになりました。
(4) 生活にもやっと余裕《よゆう》が出てきて、衣服、趣味方面にも関心が持てるようになったところです。

c　**命令・忠告**

用法——動詞（現在形）＋ように＋言う（頼む、伝える、…）

意味——命令・忠告を表す。

(1)　学生にその本を読むように言いました。

(2)　部屋ではうるさくしないように頼みました。

(3)　その仕事は五時までにするように伝えてください。

練習問題〔四〕

一　（　）の中に次の語句の中から一番適当なものを選んで記号を入れなさい。

A　蜂《はち》の巣をつついたように　B　火が消えたように

C　幽霊《ゆうれい》にでも会ったように　D　割れるような拍手

E　困ったような　F　見てきたように

1　あなたが変な質問をするから、あの人は（　）顔をしている。

2　どうしたんですか、（　）真《ま》っ青《さお》な顔をして。

3　指揮棒が静かに下《お》ろされると、（　）が沸《わ》き起こった。

4　核ミサイル発射のニュースが伝わると、国中（　）なった。

5　ゴールド・ラッシュが過ぎた後、町は（　）寂《さび》れていった。

二　次の文を読んで、「ようにする」、「ようになる」のうち意味として適当な方を使って、必要ならば正しい形に直《なお》して、文を完成しなさい。

1　奮起《ふんき》して、明日から朝早く起きて、毎日ラジオ体操する（　　　　）。

2　毎日少しずつ練習するうちに、泳げる（　　　　）。

3　子供が何でも食べられる（　　　　）には、親は偏食《へんしょく》を許さないことです。

4　男性でも料理ぐらい出来る（　　　　）ないと一人前とは言えません。

5　この頃では日本語の手紙もたやすく書ける（　　　　）。

6　試験当日には遅れて来ない（　　　　）ください。

7　その日の仕事はなるべくその日のうちにしてしまう（　　　　）いるのですが。なかなか思うようには行きません。

8　アンテナの位置を変えてテレビがよく映る（　　　　）のですが、まだよく映る（　　　　）ません。

三　次の質問に「よう」のいろいろな表現を使って答えなさい。（　）の中の言葉を使いなさい。

1　先生は学生に何と言いましたか。（明日学校に来ない）

（　　　　）

2　明日はどうするつもりですか。（年賀状を書き終える）

（　　　　）

3　あなたの国はどんな国ですか。（美しい）

4（　　　　　　　　　　）奥様はいかがですか。お具合が良くないと伺いましたが。（あまりはかばかしくない）

5（　　　　　　　　　　）電車が来るのが遅いようですが、何かあったんですか。（事故）

6（　　　　　　　　　　）今年の冬はとても寒くなるでしょうか。（寒い）

四　次の文を読んで、意味がほぼ同じであれば○を、全《まった》く違っていれば×を（　　）の中に入れなさい。

1（　　）a　日本の家は兎《うさぎ》小屋のようだと言われていますが、本当ですか。
　　　　b　日本の家は兎《うさぎ》小屋みたいだと言われていますが、本当ですか。

2（　　）a　スミスさんは、明日、日本をたつようです。
　　　　b　スミスさんは、明日、日本をたつそうです。

3（　　）a　だいぶ暑くなってきたようですから、クーラーをつけましょう。
　　　　b　だいぶ暑くなってきたみたいですから、クーラーをつけましょう。

4（　　）a　廊下を走らないでくださいませんか。
　　　　b　廊下を走らないようにおねがいします。

5（　　）a　就職することにしました。
　　　　b　就職するようにしました。

6 （ ） a 日本における脱《だつ》産業化は益々《ますます》進むようです。
b 日本における脱《だつ》産業化は益々《ますます》進むそうです。

7 （ ） a あなたにはこの色がよく似合うようです。
b あなたにはこの色がよく似合うと思います。

8 （ ） a あの人は何人でしょうか。顔から見ると日本人のようですが、話すのを聞くとそうでもなさそうです。
b あの人は何人でしょうか。顔から見ると日本人らしいですが、話すのを聞くとそうでもないみたいです。

9 （ ） a 私が言ったようにしてごらんなさい。
b 私は言ったとおりにしてごらんなさい。

〔四〕 *よし

1 伝聞

用法——候《そうろう》文等の中で他の人から聞いたことを引用する時に使う表現。文語的表現。

意味——伝え聞いた物事の内容を表す。

(1) 明日こちらに着く由《よし》を手紙で知らせて来た。

(2) 京都ではもう桜が咲いている由《よし》である。

(3) お元気の由《よし》何よりです。

練習問題〔四〕

一　次の文を読んで「…由《よし》」を使って書き換えなさい。

1　来月御帰国とのこと、お会い出来るのを楽しみに致しております。
（　　）

2　この度《たび》東京の会社に就職が決まったそうで、おめでとうございます。
（　　）

3　所得税減税《げんぜい》法案《ほうあん》は満場《まんじょう》一致で可決《かけつ》されたということです。
（　　）

〔四二〕　わけ

1　当然

用法——イ・ナ形容詞（現在・過去形）＋わけ、動詞（現在・過去・テ＋イル形）＋わけ

意味——「わけだ」　前述のことが「当然」であることを表す。「はず」で置き換えられる。

(1)　昨日習ったばかりですから、良く出来るわけです。

(2)　熱が四十度もあるのですから、苦しいわけです。

(3)　毎月一と六の日が休日でしたから、月に六日休みがあったわけです。

2　可能性の判断

用法——イ・ナ形容詞（現在・過去形）＋わけ、動詞（現在・過去・テ＋イル形）＋わけ

意味——「わけがない」　動作、または状態が起こる可能性が全《まった》くないこと。「はずはない」で言い換えられる。

(1) そんな計画ではこの仕事が成功するわけがなかった。
(2) 首相はあまり忙しいから覚えているわけがない。
(3) あんな太った人にテニスができるわけがない。
(4) あんないやな奴《やつ》の子供だから、可愛いわけがない。

3 強調

用法――イ・ナ形容詞（現在・過去形）＋わけではない、動詞（現在・過去・テ＋イル形）＋わけではない

意味――否定の意を強調する。「（という）ことではない」で言い換えられる。

(1) あなた一人が悪いというわけではありません。
(2) 私は魚が嫌いだというわけではないが、肉が好きなので、肉の方をよく食べるんです。
(3) 郵便物を受け取っても、我々はその全《すべ》てを熟読するわけではない。

4 不可能

用法――動詞（現在・過去・テ＋イル形）＋わけにはいかない

意味――「出来ない」という意味を表す。

(1) 今日は忙しいので、遊んでいるわけにはいかない。
(2) 私の家は北海道なので、休みだからといって、そう簡単には帰るわけには行きません。
(3) お金がなくちゃ電車にのるわけにはいかない。

5 義務

用法――動詞の否定形（現在・過去・テ＋イル形）＋わけにはいかない
意味――「しなければいけない」という意味を表す。
(1) 友達が忙しいのに手伝わないわけにはいきませんでした。
(2) 試験があるのに勉強しないわけにはいかない。
(3) 社長が出席するのに、私が出席しないわけにはいかないでしょう。

【注】 実質名詞の慣用的用法
実質名詞の用法として、理由・事情・結果を表す。

a 「わけ(は)ない」
意味――「やさしい、容易《ようい》である」ということを表す。
(1) 現代社会においてマス・メディアはわけなく大衆の意見を左右《さゆう》することができる。
(2) 電子レンジがあれば、毎日料理をすることなんて、わけはない。

b 「わけがわからない」
意味――頭が混乱して、事情が分からなくなることを表す。
(1) 問題があまりにも複雑なので、わけがわからなくなってしまった。
(2) 一体あの映画は何が言いたいのか、わけがわからない。

練習問題〔四〕

一　文中の「わけ」を含む言い方の代わりに、a 理由、b はず、c ことになる、d 出来ない、e はずはない、f しなければいけない、のうち、どの表現が使えるか、適当なものを記号a～fの中から選んで、文頭の（　）の中に入れなさい。

1 （　）あの時山本さんが怒ったわけを知っていますか。

2（　）お金持ちなのだから、東京の地価が上がっても大きな家が買えるわけだ。

3（　）新しい薬を作ってもそれが効くかどうか、または、その薬に副作用があるかどうかを考えると長いこと実験をしなければならないわけだ。

4（　）山の中に住んでいると冬になれば自然に冬の風物《ふうぶつ》が見られるわけだが、都会ではなかなかそうはいかない。

5（　）後から文句を言い出すところを見ると、大木さんは会議中黙っていたけれどずっと考えていたわけだ。

6（　）いつも辞書で調べていれば単語がふえるわけで、上達《じょうたつ》も早い。

7（　）相手を怒らせるようなことを言えば、本人も気持ちが良いわけがない。

8（　）就職ができないと苦情《くじょう》を言う学生がいるが、本当に就職したければ出来るだけ多くの会社で面接や試験を受ければいいわけだ。

9（　）山本さんはすしが好きだが、いくら好きだと言っても三食すしが食べたいわけではないだろう。

10（　）わけを話せば必ず理解して許してくれるだろう。

11（　）民主主義社会では、投票しないわけにはいかない。

12（　）本当のキリスト教徒なら、簡単に自殺するわけにはいかない。


二（　）の中の言葉を「わけ」の文型の一番適切なものを使って書き換えて、文を完成しなさい。

1　ただで切符をくれるからといっても、五万円もするものだから、「はい、そうですか」と、簡単に（　　　　　　　）（もらう）。

2　山下さんはもう二十年もドイツに住んでいるんですから、ドイツ語を話すのは勿論《もちろん》のこと、読み書きも（　　　　）（できる）。

3　第三次世界大戦が（　　　　）（起こらない）と思うのは甘い考えです。

4　今は、全額支払えないからといっても、全然（　　　　）（払えない）。半分でしたら、何とかなりそうですから、後の半分は一週間待ってください。

5　せっかく作ってくださった料理だから、食べたくなくても（　　　　）（食べない）。

6　日本国憲法《けんぽう》が占領《せんりょう》軍の草案《そうあん》によるものだからといって、国民の同意が（　　　　）（ない）。

7　一度、戦争の惨禍《さんか》を経験したことがある人なら、二度と再び、そのような愚行《ぐこう》を繰り返してはならないと（　　　　）（思わない）。

8　一週間というもの、飲まず、食わずだったんだから、（　　　　）（ふらふらする）。

9　我々は仲間なのだから、自分一人だけ（　　　　）（助かる）。

10　心から人を愛したことがない者には、深い人間の喜びや悲しみが（　　　　）（分かる）。

第二章　総合問題

一　次の語群の中から適当なものを選んで、（　　）の中に入れなさい。同じ語を何度用いてもよい。

1　もの　ながら　の（ん）　そうに　まま　ほど

自分は透《す》き徹《とお》る①（　　）深く見える此の黒眼《くろめ》の色沢《つや》を眺めて、是《これ》でも死ぬ②（　　）かと思った。それで、ねんごろに枕《まくら》の傍《そば》へ口を付けて、死ぬ③（　　）じゃなかろうね、大丈夫だろうね、と又聞き返した。すると女は黒い眼を眠④（　　）睁《みは》った⑤（　　）、矢張《やっぱ》り静かな声で、でも、死ぬんです⑥（　　）、仕方がないわと云《い》った。

じゃ、私《わたし》の顔が見えるかいと一心に聞くと、見えるかいって、そら、そこに、写ってるじゃありませんかと、にこりと笑って見せた。自分は黙って、顔を枕《まくら》から離した。腕組をし⑦（　　）、どうしても死ぬのかなと思った。

（夏目漱石「夢十夜」）

2　とおり　まんま（まま）　あいだ　ま　うちに　ながら

それから星の破片《かけ》の落ちたのを拾って来て、かろく土の上へ乗せた。星の破片《かけ》は丸かった。長い①（　　　　　）大空を落ちている②（　　　　　）に、角《かど》が取れて滑《なめら》かになったんだろうと思った、抱《だ》き上げて土の上へ置く③（　　　　　）、自分の胸と手が少し暖くなった。
　自分は苔《こけ》の上に坐った。是《これ》から百年の④（　　　　）こうして待っているんだなと考え⑤（　　　）、腕組をして、丸い墓石を眺めていた。その⑥（　　　　）、女の云《い》った⑦（　　）日が東から出た。大きな赤い日であった。それが又女の云《い》った⑧（　　　）、やがて西へ落ちた。赤い⑨（　　　）でのっと落ちて行った。一つと自分は勘定《かんじょう》した。

（夏目漱石「夢十夜」）

3　ほど　ばかり　こと　よう　ところ　の　ということ
　ものの　とき

　君はどれ①（　　　）私が農夫の生活に興味を持つか②（　　　）に気付いたであろう。私の話の中には、幾度《いくたび》か農家を訪ねたり、農夫に話し掛けたり、彼等の働く光景《さま》を眺めたりして、多くの③（　　）を送った④（　　　）が出て来る。それ⑤（　　　）私は飽《あ》きない心地《ここち》で居る。そして、もっともっと彼等をよく知りたいと思っている。見た⑥（　　）、Openで、質素《しっそ》で、簡単で、半《なか》ば野外にさらけ出された⑦（　　　）な⑧（　　）が、彼等の生活だ。しかし彼等に近づけば近づく⑨（　　　）、隠《かく》れた、複雑な生活を営《いとな》んでいる⑩（　　　）を思う。同じ⑪（　　　）な服装を着《つ》け、同じ⑫（　　　）な農具を携《たずさ》え、同じ⑬（　　　）な耕作に従っている農夫等。譬《たと》えば、彼等の生活は極《ご》く地味な灰色だ。その灰色に幾《いく》通りあるか知れない。私は学校の暇々に、自分でも鍬《くわ》を執《と》って、すこし⑭（　　　）の野菜を作ってみているが、どうしても未だ彼等の心には入れない。

こうは言う ⑮（　　　）、百姓《ひゃくしょう》の好きな私は、どうかいう機会を作って、彼等に近づく⑯（　　　）を楽しみとする。

（島崎藤村『千曲川《ちくまがわ》のスケッチ』）

4　はず　うちに　の　まま

その元和《げんな》か、寛永《かんえい》か、兎《と》に角遠《かくとお》い昔《むかし》である。

やはり浦上《うらかみ》の山里村《やまざとむら》に、おぎんと言《い》う童女《どうじょ》が住《す》んでいた。おぎんの父母《ちちはは》は大阪《おおさか》から、はるばる長崎《ながさき》へ流浪《るろう》して来《き》た。が、何《なに》も し出《だ》さない ①（　　　）、おぎん一人《ひとり》を残《のこ》した②（　　　）、二人《ふたり》とも故人《こじん》になってしまった。勿論彼等他国《もちろんかれらたこく》ものは、天主《てんしゅ》のおん教《おしえ》を知《し》る③（　　　）はない。彼等《かれら》の信《しん》じた ④（　　　）は仏教《ぶっきょう》である。

（芥川龍之介「おぎん」）

5　ながら　ということ　ように　ほど　くらい

現場《げんじょう》は座長も、助手の支那人も、口上言《こうじょうい》いも、尚《なお》三百人余りの観客も見ていた。観客席の端《はし》に一段高く椅子《いす》をかまえて一人の巡査も見ていたのである。所が此《この》事件はこれ ①（　　　）大勢の視線の中心に行われた事であり ②（　　　）、それが故意の業《わざ》か、過《あやま》ちの出来事か、全く解《わか》らなくなって了《しま》った。

その演芸は戸板《といた》③（　　　）の大きさの厚い板の前に女を立たせて置いて二間《けん》④（　　　）離れた所から出刃庖丁《でばぼうちょう》⑤（　　　）の大きなナイフを掛け声と共に二寸と

離れない距離にからだに輪廓《りんかく》をとる⑥（　　　）何本も何本も打ち込んで行く、そういう芸である。

裁判官は座長に質問した。

「あの演芸は全体六《むつ》ケしいものなのか？」

「いいえ、熟練の出来た者には、あれは左程六《むつ》ケしい芸ではありません。只《ただ》、あれを演ずるにはいつも健全な、そして緊張した気分を持って居なければならない⑦（　　　）はあります」

（志賀直哉「范《はん》の犯罪」）

6　ほど　てん　ような　ところ　ため　の　もの
こと　とき　くらい

留置所では病気になっても薬を買ってくれない。ただ仁丹《じんたん》なら買ってくれる①（　　　）もある。それが「毒にも薬にもならないから。」仁丹《じんたん》が一般に広く売れる②（　　　）はこの重宝な性質の③（　　　）である。多分仁丹《じんたん》の④（　　　）文章はよく売れるであろう。それらの文章は仁丹《じんたん》⑤（　　　）には効くであろう。そして私は、仁丹《じんたん》の効用に絶大の信を置いている。

仁丹《じんたん》の効用に絶大の信を置く私も、しかし自分でこの仁丹《じんたん》的文章を書くとなると実に苦しい。第一、文章という⑥（　　　）は我々にとって大事な⑦（　　　）な⑧（　　　）だ。それは我々にとって、もしそれが書かれなかったとすれば何もなかった⑨（　　　）の⑩（　　　）である。それは、それを書く⑪（　　　）によって我我が真実に近づいて行く⑫（　　　）の⑬（　　　）である。我々は非常にお喋《しゃべ》りの優れた作家を知っている。この優れた作家のお喋《しゃべ》りとただのお喋《しゃべ》りのお喋《しゃべ》りとの違うところは、前者が喋《しゃべ》る⑭（　　　）によって真実に近づいて行く⑮（　　　）後者がその同じ⑯（　　　）によって真実から遠ざかるという⑰（　　　）にある。しかしもともと真実という⑱（　　　）は、舌足らずに語られてならないと同様に言いすぎられてもならない。文章において我々の苦心する⑲（　　　）は、この、喋《しゃべ》りすぎず、けれども言うべき⑳（　　　）を言いきるという㉑（　　　）にある。こういう苦心を我々がすればする㉒（　　　）、あたりまえの㉓（　　　）で、それが仁丹《じんたん》的文章から遠ざかる。

（中野重治「文章を売ること」）

7　ゆえ　など　ことにした　ことができた　まま　とき

鯉《こい》は其《そ》の当時一尺《いっしゃく》の長さで真白い色をしていた。

私が下宿《げしゅく》の窓の欄干《らんかん》へハンカチを乾している①（　　　）、青木南八はニウムの鍋《なべ》の中に真白い一ぴきの鯉《こい》を入れて、その上に藻《も》を一ぱい覆《おお》ったのを私に進物とした。私は、彼の厚意を謝して今後決して白色の鯉《こい》を殺しはしないことを誓《ちか》った。そして、私と彼は物差を出して来て、この魚の長さを計ったり、放魚《ほうぎょ》する場所について語りあったりした。

下宿《げしゅく》の中庭に瓢簞《ひょうたん》の形をした池があって、池の中には木や竹の屑《くず》がいっぱいに散らばっていたので、私はこの中に鯉《こい》を放つのを不安に思ったが、暫《しばら》く考えた後で、矢張り止《や》むを得なかった。鯉《こい》は池の底に深く入って数週間姿を見せなかった。

その年の冬、私は素人下宿《しろうとげしゅく》へ移った。鯉《こい》も連れて行きたかったのだが、私は網を持っていなかったので断念した。それ②（　　　）、彼岸《ひがん》が過ぎて漸《ようや》く魚釣《つ》りができはじめてから、私は以前の下宿《げしゅく》の瓢箪池《ひょうたんいけ》へ鮒《ふな》を釣《つ》りに行った。最初の日、二ひきの小さな鮒《ふな》を釣《つ》りあげたので、これをそこの下宿《げしゅく》の主人に見せた。主人は釣《つ》りに興味を持ってはいないらしかったが、鮒《ふな》③（　　）がこの瓢箪池《ひょうたんいけ》に居るとは思いがけなかったと言って、次の日からは、彼も私と並んで釣《つ》りをする④（　　）。

漸《ようや》く八日目に、私は春蚕《はるこ》のさなぎ虫で、目的の鯉《こい》を釣《つ》りあげる⑤（　　）。鯉《こい》は白色の⑥（　　）少しも瘦《や》せてはいなかった。けれど鰭《ひれ》の先に透明な寄生虫《きせいちゅう》を宿らせていた。私は注意深く虫を除いてから、洗面器に冷水を充たして其《そ》の中に鯉《こい》を入れた。そして其《そ》の上を無花《いちじ》果《ゆく》の葉でもって覆《おお》った。

素人《しろうと》下宿《げしゅく》には瓢箪池《ひょうたんいけ》なぞはなかった。それ⑦（　　）、私は寧《むし》ろひとおもいにこいつを殺してしまってやろうかと思って、無花果《いちじゅく》の葉を幾度もつまみあげてみた。鯉《こい》はその度毎《たびごと》に口を開閉して安息な呼吸をしていた。

（井伏鱒二「鯉」）

二　次の文を読んで、（　　）の中の適当な語（句）を選んで○をつけなさい。

野島が初めて杉子に会った①（こと・の）は帝劇の二階の正面の廊下だった。野島は脚本《きゃくほん》家をもって私《ひそ》かに任《にん》じてはいたが、芝居を見る②（こと・ところ）は稀《まれ》だった。此日《このひ》も彼は友人に誘《さそ》われなければ行かなかった。誘《さそ》われても行かなかったかも知れない。その日は村岡の芝居が演《や》られるので、彼はそれを読んだ③（あいだ・とき）から閉口《へいこう》していたから。然《しか》し友達の仲田に勧められると、ふと行く気になった。それは杉子も一緒に行くと聞いたので。

彼は杉子に逢《あ》った④（の・こと）はなかった。しかし写真で一度見た⑤（こと・うえ）があった。それは友達三四人とうつした十二三の時の写真だったが、彼はその写真を何気なく何度も見ない⑥（わけはなかった・わけにいかなかった）。皆の⑦（うち・もの）で杉子は図《ず》ぬけて美しい⑧（ばかり・ぐらい）ではなく、清い感じがしていた。彼はその写真を机の前に飾《かざ》っておいたら、きっといい脚本《きゃくほん》がかきたくなるだろうと思った。しかし彼は仲田に写真をくれとは言えなかった。そして其後《そのご》仲田の処《ところ》へ行ってももう一度その写真を見せてもらう⑨（の・こと）は出来なかった。そして当人にも逢《あ》う⑩（の・こと）は出来なかった。一度、声を聞いた⑪（ことがある・ことになる）⑫（ために・ように）思った。しかしそれは杉子ではなく、杉子の妹の声だったかも知れなかった。

（武者小路実篤『友情』）

三　次の文を読んで質問に答えなさい。

「あるの[a]である」、「あったの[b]であった」、「ないことはないの[c]である」等々の不思議な言い廻しは、それぞれ漢文くずしの文体の、「ある也《なり》」、「なる也《なり》」、「ありし也《なり》」、「なりし也《なり》」、「たりし也《なり》」、「あらざるなき也《なり》」、「なきにあらざる也《なり》」等の変化ではないかと、私は見ている。明治維新《いしん》の頃に演説でもしようと言う豪傑《ごうけつ》気取りの人たちの頭は、たいがい漢文くずしの文体で固まっていた。その証拠には、あの当時の政論①（　　）の文体を見るとよく分る。即ち「の[d]である口調」は漢文くずしをそっくりその②（　　）口語に移した③（　　）であろう。現に此の頃でも徳富蘇峰《とくとみそほう》大人の文章④（　　）はその生きた標本ではないか。一般の人はあれ⑤（　　）極端ではないけれども、多かれ少かれ文章軌範《きはん》的言い廻しの余勢を受けているの[e]である。まさか当節の人の頭に十八史略や八大家文の口調がこびり着いている⑥（　　）

もないが、それでも高山樗牛《たかやまちょぎゅう》⑦（　　）の衒学《げんがく》的論調が何等かの感化を及ぼしていない⑧（　　）はあるまい。それに釣《つ》られて、全く漢文の影響を脱し切っている青年たちまでが、無意識の⑨（　　）引きずられているのfであろう。

（谷崎潤一郎「現代口語文の欠点について」）

1　傍線部《ぼうせんぶ》a～fにおける「の」の使い方に共通している用法の意味を言いなさい。

2　次の語群の中から一番適当なものを選んで、（　）の中に入れなさい。

こと　　うちに　　あたり　　まま

など（なぞ）　　ほど　　もの　　はず

四　次の文章を読んで問いに答えなさい。

十二月八日以来の三カ月間、日本で最も話題となり、人々の知りたがっていたa（もの・こと）の一つは、あなた①（　　）のことであった。

あなた方は九人であった。あなた方は命令を受けたのではなかった。あなた方の数名が自ら発案、進言して、司令長官の容《い》れる所となったのだ②（　　）。それからの数カ月、あなた方は人目を忍《しの》んで猛訓練にいそしんでいた。もはや、訓練のほかには、余念のないあなた方であった。

この戦争が始まるまで、パリジャンだのヤンキーが案外戦争に強③（　　）、と、僕は漫然《まんぜん》考えていた。パリジャンは諧謔《かいぎゃく》を弄《ろう》しながら鼻唄《はなうた》まじりで出征《しゅっせい》するし、ヤンキーときては戦争もスポーツも見境《みさかい》がないから、タッチダウンの要領で弾の中を駈《か》けだし④（　　　）思ったのだ。ところが、戦争というものは、我々が平和な食卓で結論する⑤（　　　）、単純無邪気《むじゃき》な（bもの・こと）ではなかった。いや、人間が死に就《つ》いて考える、死に就《つ》いての考えという（cもの・こと）が、平和な食卓の結論ほど、単純無邪気《むじゃき》ではなかったのである。人は鼻唄《はなうた》まじりでは死地《しち》に赴《おもむ》く（dもの・こと）ではなかった。タッチダウンの要領でトーチカへ飛びこめる⑥（　　）戦争は無邪気《むじゃき》な（eもの・こと）ではなかった。

帰還《きかん》した数名の職業も教養も違う人から、まったく同じ体験をきかされたのだが、兵隊達は戦争よりも行軍《こうぐん》の苦痛の方が骨身に徹《てっ》してつらいと言う。クタクタに疲れる。歩き⑦（　　　）、足をひきずって眠っている。突然敵が現れて銃声がきこえると、その場へ伏して応戦し⑧（　　　）、ホッとする。戦争というよりも、休息を感じるのである。敵が呆気《あっけ》なく退却すると、やれやれ、又、行軍《こうぐん》か、と、ウンザリすると言うのであった。この体験は貴重な（fもの・こと）だ。この人達は人の為《な》しうる最大の犠牲《ぎせい》を払って、この体験を得たのであった。然《しか》し、これが戦争の全部であるか、という（gもの・こと）に就《つ》いては、論議の余地があろうと思う。

つまり、我々は戦争と言えば直ちに死に就《つ》いて聯想《れんそう》する。死を怖《おそ》れる。ところが、戦地へ行ってみると、そこの生活は案外気楽で、出征《しゅっせい》のとき予想した⑨（　　　）緊迫した気配がない。落下傘《らっかさん》部隊が飛び降《お》りて行く足の下で鶏《にわとり》がコケコッコをやっているし、昼寝から起きて欠《あく》伸《び》の手を延ばすとちゃんとバナナをつかんでいる。行軍《こうぐん》にヘトヘトになった挙句の果《はて》には、弾丸の洗礼が休息にしか当らなかったという始末である。なんだい、戦争というものはこんなものか、と考える。死ぬ⑩（　　　）、案外怖《おそろ》しくもない（hもの・こと）だな、馬鹿らしい⑪（　　　）ノンビリしている⑫（　　　）じゃないか、と考えるのである。――だが、成程、これが戦争でない⑬（　　　）が、戦争の全部がただこれ⑭（　　　）の（iもの・こと）である⑮（　　　）はない。

弾雨の下に休息を感じている兵士達に、果《はた》して「死」があったか？　事実として二三の戦死があったとしても、兵士達の心が「死」をみつめていたであろうか？

兵士達が弾雨の下に休息を感じていたとすれば、そのとき彼等は「自分達は死ぬかも知れぬ」という多少の不安を持ったにしても、無意識の中の確信では「自分達は死なぬであろう」と思いこんでいた⑯（　　　）。偶然敵弾にやられても、その瞬間まで、彼等の心は死に直面し、死を視《み》つめてはいなかったのだ。

（坂口安吾「真珠」）

1　文中の（　　）の中に、次の語群の中から適当な語を選んで入れなさい。同じ語を二度以上使ってもよい。

あいだ　そうだ　そうに　がた　だけ　ほど　はず　ながら
ため　ばかり　なんて　わけはない

2　文中の「もの」「こと」のどちらか正しい方を選びなさい

五　次の文章を読んで質問に答えなさい。

　どんな人間にとっても望ましい①（　　　）は、できるだけ早い機会に、自分の一生の理想なり目的なりをはっきりきめて、その理想や目的に向かって、四六時中《しろくじちゅう》努力を集中する②（　　　）であります。

　理想や目的をきめるには、むろん、まず第一に、自分の能力の限界を見きわめなければなりませんし、第二に、自分をとりかこんでいるいろいろの事情、とりわけ家族その他の人間的なつながりを考慮に入れなければなりません。しかし、能力はきたえればきたえるほど[a]伸びる③（　　　）であり、周囲の事情も、誠意と努力次第では、望みの方向に打開できないとはかぎらない④（　　　）でありますから、現在の能力や事情だけ[A]にとらわれて、理想や目的があまりにひかえ目になる⑤（　　　）も考え⑥（　　　）であります。

　また、昔から「棒《ぼう》ほど[b]願って針ほど[c]かなう」ということわざもあるぐらいで、理想や目的は、なかなか思いどおりに達せられる⑦（　　　）ではありません。ですから、きちがいじみた笑うべき空想にならないかぎり、人間はある程度の夢をもつべきであります。自分の現在の能力や周囲の諸事情をある程度のりこえて、理想や目的をできるだけ[B]大きく、かつ高く定める⑧（　　　）は、けっして悪い⑨（　　　）ではありません。いやそれでこそ、個人としても社会としても、その進歩発展に大きな飛躍《ひやく》があるわけであります。

　ところで、人生の夢という⑩（　　　）は、かように一方では人間進歩の動力となる⑪（　　　）でありますが、他方では、どうかするとかえって人間の生命を萎縮《いしゅく》させ、しばしば人を絶望の深淵《しんえん》につきおとす⑫（　　　）がある⑬（　　　）であります。夢をえがいて実現ができず、その結果、人生を悲観して自殺したというような例は、けっして少なくはありません。

　むろん、こうした自殺者の中には、自分の能力や、周囲の事情をあまりにも無視した夢をえがき、しかもそれにふさわしい努力をはらわなかったというような人が多いでありましょう。しかし、中には、本来健康で正しい夢、むしろそれぐらいの夢がなくては人間とはいえないと思われるdほど、健康で正しい夢をえがいてい①ながら、そしてその夢の実現のためには、その人としては根《こん》かぎりの努力をはらってい②ながら、かえって悲劇的《ひげきてき》な結果を招いたという場合もないとはいえない⑭（　　）であります。

では、どうしてそういう結果になる⑮（　　）か。それにはむろん社会の罪という⑯（　　）もありましょう。しかし、けっしてそれがすべてではありません。それがすべてだとすると、人間の夢そのもの、努力そのものが、その大半の意義を失ってしまいます。夢も努力も社会の現実と戦い、その荒波をのりこえ、さらに進んで社会その⑰（　　）を理想化するところにこそ、その意義がある⑱（　　）でありますから、もしもすべての罪を社会に帰してしまえば、もともと何のために夢をえがいた⑲（　　）か、何のために努力をはらった⑳（　　）か、わけがわからなくなる㉑（　　）であります。

で、社会の罪をいちおう認めるとしましても、それを認めれば認めるeほど、われわれとしては、そうした社会に負けないcだけの工夫をしなければなりません。その工夫もできないとすれば、そしてそれができない㉒（　　）もやはり社会の罪だといってしまえば、もうそれまでの㉓（　　）でありまして、それなら、はじめから夢などえがかない方がいい㉔（　　）であります。

（阿部次郎「青春に生きる」）

1 （　　）①〜㉔の中に、「もの・の・こと」のうちで一番適切なものを入れなさい。

2 次の質問に答えなさい。

a　傍《ぼう》線《せん》部《ぶ》の「だけ」A、B、Cのうち、同じ使い方のものを選びなさい。
（　　）

b　また、それが次のどの用法にあたるか選びなさい。
(ア)　最低限度
(イ)　程度の上限と下限
(ウ)　強調
(エ)　比例
(オ)　追加

3　〰〰線部「ながら」の①②の用法は、a～cのどの語と言い換えられるか、○をつけなさい。
a　いるとき　　b　いるあいだ　　c　いるのに

4　傍《ぼう》線《せん》部《ぶ》「ほど」a～eの使い方が次のどの例文の使い方と同じであるか記号で答えなさい。
(ア)　御自愛のほどをお祈り申し上げます。（様子・状況）
(イ)　頭痛で医者へ行くほどだった。（程度・限界）
(ウ)　本ほど面白い国はない。（最上級）
(エ)　絵は高ければ高いほど有名になる。（比例）

a（　　）　b（　　）　c（　　）　d（　　）　e（　　）

六　次の文を読んで質問に答えなさい。

小学生であったころの、ある夏の日に、私は友だちに誘《さそ》われて、虫取りに出かけた。ついうかうかと歩いている①（　　　）、道に迷った②（　　　）でもないが、気がついたときには私たちは、家を遠く離れた広い林の中にいた。友だちも、ここへはまだ一度もきたことが[A]ないという。そこももちろん、チミモウリョウに満ちた世界の一角である③（　　　）だし、私たちはみな心細かったにちがいない。しかし、そのとき私は、梢《こずえ》をもれて降りそそぐ日光に、明るく照らしだされた林の中を、あてどもなく歩き④（　　　）そこにむしろ、その場の不安な状況とあえて矛盾する⑤（　　　）のない、甘美ななにものかのある（a　）を発見した。

そのときはまだ、自然・山・探検⑥（　　　）という（b　）の理解もないし、またもちろん、大人たちのいう（c　）は、安全第一主義であり、現状維持の保守主義であるという（d　）を、見抜ける⑦（　　　）でもなかったが、この経験は少なくとも、大人たちがこわいから行くな、というところだって、行ってみれば自分を受けいれてくれるなに（e　）かがある、という（f　）を私に教えたにちがいない。そうとすれば、この経験は、私の人生の最初の重要な方向づけであった。なんとなれば、私はその後、大人たちの住む世界と、この大人たちの恐れる世界との⑧（　　　）を、繰り返し往復し⑨（　　　）、私の一生を過ごすことになる[B]からである。

私のこのはいり方は、チミモウリョウの存在を否定した⑩（　　　）、そこへはいっていったのではなかった。だから大人たちのいう⑪（　　　）、そこにチミモウリョウがおったって、よかったのである。もすこしあとになると、そうしたものに、かえって興味をひかれ、どこかに潜んでいる（g　　）なら、一度お目にかかってみたいと思うようにアなったが、どこを歩いてもそのようなものはイ、影も形も見つからぬので、これはどうやら人間の精神の産物らしいという（h　　）がわかり、それでけりがついたのである。

（今西錦司『私の自然観』）

1　次の語群の中から一番適当なものを選んで、（　　）の中に入れなさい。二度同じ語を使ってもよい。

うえで　ところ　うちに　とおり　わけ　ながら　など　あいだ　はず

2　傍線部《ぼうせんぶ》の「こと」A、Bの用法を次のa～eの中から選びなさい。

a　意志による決定
b　物事の決定の結果
c　動作・状態が起こること
d　全面否定
e　過去の経験

3　（　　）a～hの中に「もの」か「こと」か、正しい方を入れなさい。

4　〰〰線部の「の」の使い方で共通している点は何か。正しいほうを選びなさい。

a　体言化　　b　説明

5　傍線部《ぼうせんぶ》ア、イの「ように」、「ような」の表現のうち、意味をかえずに「みたい」で言い換えられる方はどちらか。

七　次の文を読んで質問に答えなさい。

それからもう一つ誤解を防ぐ①（　　）一言しておきたい（こと・の・もの）[ア]ですが、何だか個人主義というとちょっと国家主義の反対で、それを打ち壊す②（　　）取られますが、そんな理窟の立たない漫然《まんぜん》としたもの[a]ではないのです。一体何々主義ということはあまり好《この》まない③（　　）で、人間がそう一つ主義に片付けられるもの[b]ではあるまいと思いますが、説明の④（　　）ですから、ここには已《やむ》を得ず、主義という文字の下に色々の（こと・の・もの）[イ]を申し上げます。ある人は今の日本はどうしても国家主義でなければ立ち行かない⑤（　　）い振らしまたそう考えています。しかも個人主義なるもの[c]を蹂躙《じゅうりん》しなければ国家が亡びる⑥（　　）な（こと・の・もの）[ウ]を唱道するもの[d]も少なくありません。けれどもそんな馬鹿気た⑦（　　）は決してあり⑧（　　）がない（こと・の・もの）[エ]です。事実私共は国家主義でもあり、世界主義でもあり、同時にまた個人主義でもある（こと・の・もの）[オ]であります。

（夏目漱石「私の個人主義」）

1　（　　）ア～オの語の中から最も適当なもの選びなさい。

2　次の語群の中から最も適当なものを選んで、（　　）の中に入れなさい。同じ語を何度使ってもよい。

ため　ために　ところ　はず　よう　ように

3　傍《ぼう》線《せん》部《ぶ》a～dの「もの」の用法は、次に示された例文(ア)～(カ)のどれに当たるか、記号で答えなさい。

(ア)　だれがこの家を人手に渡したりするものですか。（主張）

(イ)　いつかパリへ行けるものなら、行ってみたいんです。（仮定）

(ウ)　日本に着いてからというものは休む暇がなかった。（強調）

(エ)　共産主義というものは実社会に適応した主義ではない。（説明）

(オ)　お金を払ったものは、家へ持って帰ってもいいです。（実質名詞、物）

(カ)　金を払ったものだけ、見ていいぞ。（実質名詞、人）

付表——形式名詞の機能別分類

この分類表は、形式名詞を機能的役割にしたがって分類したものである。語の意義が広範囲で一つ以上の項にまたがる形式名詞は、その語をそれぞれの項に挙げた。以下に分類の見出しを一覧表として提出した。本書の索引はこの分類を基づいている。

1　意志を表す言い方
　a　勧告・忠告・助言
　b　願望
　c　決意・意図
　d　主張・断定
　e　判断
　f　命令
2　仮定を表す言い方
3　可能・不可能を表す言い方
　a　可能
　b　不可能
4　間隔を表す言い方
5　帰結を表す言い方
6　義務を表す言い方
7　気持ち・感情を表す言い方
　a　詠嘆・驚嘆・感嘆
　b　婉曲
　c　強調
　d　軽蔑・軽視・非難
　e　謙遜
　f　残念な気持ち
　g　尊敬
　h　話者の納得
8　疑問を表す言い方
9　逆接を表す言い方
10　空間を表す言い方
11　経験・規則・習慣を表す言い方
　a　過去の規則・習慣
　b　過去の経験
　c　現在の規則・習慣
12　傾向・様子・状況を表す言い方
13　原因・理由を表す言い方
14　限定を表す言い方
15　受益の対象を表す言い方
16　状況による予定・決定を表す言い方
17　推測・予想を表す言い方
18　説明を表す言い方
19　体言を作る言い方
20　追加を表す言い方
21　程度・基準を表す言い方
　a　限界
　b　最高の限度
　c　最低の限度・程度
　d　上限・下限
　e　大体の程度・基準
　f　比較・比例
22　伝聞を表す言い方
23　動作・状態の生起を表す言い方
24　道理・当然を表す言い方
25　時を表す言い方
　a　時点
　b　瞬間
　c　同時進行
　d　時の間隔
　e　時の継続
　f　反復
26　判断を表す言い方
27　比況・比喩・例示を表す言い方
28　否定を表す言い方
　a　全面否定
　b　部分否定
29　方法を表す言い方
30　方面・分野を表す言い方
31　目的を表す言い方

事項索引

形式名詞の機能別分類

著者紹介

名柄 迪（ながら・すすむ）

1955年広島大学教育学部外国語教育学科卒業。59年同大学院修士号，69年ウィスコシン大学で言語学博士号を取得。現在，ミシガン大学名誉教授，上智大学比較文化学部教授，同日本語日本文化学科科長。著書に，*Japanese Pidgin English in Hawaii, A Bilingual Description*（University Press of Hawaii），*Handbooks to Action English*, Vols.1-3（World Times of Japan）他がある。

広田紀子（ひろた・のりこ）

1968年ウェルズ大学人文学部政治学科卒業。85年ワシントン大学大学院アジア言語文学学科修士。メリーランド大学アジア支部，ミドルベリー大学日本語学校講師を経て，現在，上智大学比較文化学部講師。著書に'Analysis of Tanizaki Junichiro's Mother Motif'（上智大学外国語学部紀要 第20号），「形式名詞の教え方」（共著，*Sophia International Review*, No. 10）他がある。

中西家栄子（なかにし・やえこ）

1981年上智大学外国語学部比較文学科卒業。84年コロンビア大学ティーチャーズ・カレッジ文学修士，86年同カレッジ教育学修士。コロンビア大学東アジア言語文化学科講師を経て，現在，上智大学比較文化学部，獨協大学外国語学部講師。著書に「形式名詞の教え方」（共著，*Sophia International Review*, No.10）がある。

外国人のための日本語 例文・問題シリーズ2

形式名詞

昭和六十二年十一月三十日　印刷
昭和六十二年十二月五日　初版

著者　名柄迪
　　　広田紀子
　　　中西家栄子
発行者　荒竹勉
印刷／製本　中央精版印刷
発行所　荒竹出版株式会社
東京都千代田区神田神保町二－四〇
郵便番号一〇一
電話〇三－二六二－〇二〇二
振替（東京）二－一六七一八七

（乱丁・落丁本はお取替えいたします）

ISBN4-87043-202-2 C3081

定価1,800円

外国人のための日本語
例文・問題シリーズ2
『形式名詞』練習問題解答

㈱　正解は最も適当と思われるものを挙げた。解答が一つ以上ある場合は（　）の中に入れた。

第二章　用例解説・練習問題

〔一〕**あいだ**　一　1 あいだに　2 あいだ　3 あいだに　4 あいだ　5 あいだ　6 あいだに　7 あいだに　二　1 うちに　2 あいだに（うちに）　3 うちに　4 うちに（あいだ）　5 あいだ　6 うちに（あいだに）　7 あいだ　8 うちに　9 うちに（あいだに）　10 うちに　三　1 A とき　B あいだ　2 B あいだ　3 とき　4 A あいだ　C とき

〔三〕**うえ・うえに・うえで**　一　1 に（×）　2 は　3 で　4 に（×）　5 に（×）　6 は　7 に（×）　二　1 うえで　2 うえで　3 うえ（に）　4 うえ　5 うえ（に）　6 うえで　7 うえで　8 うえは　9 うえで　10 うえは　三　1 …決めたうえは、全力投球して…　2 …相談した上で、ご報告いたします。　3 …優秀な上に、もっといいことには…　4 …仕事の上だけの…　5 …言った上は、…　6 …読んだ上で、後《のち》ほど…

〔四〕**うち・うちに・うちで**　一　1 うちは　2 うちは　3 うちに　4 うちに　5 うちで　6 うちに　7 うちで　二　1 うちに　2 うちで　3 うちは　4 うちに　5 うちは　6 うちに　三　1・c　2・b（d）　3・a　4・f　5・b（d）　6・e　7・g　四　1 ○　2 ×…かけているあいだ、ここで…　3 ○　4 ×帰らないうちに、…　5 ×洗濯物《せんたくもの》を干します。　五　1 …起きないうちに…　2 みんなが気が付かないうちに、…　3 横綱《よこづな》のうちに入らない。　4 就職しないうちに、…　5 そうならないうちに…　6 …中国語のうちに入らない。

〔五〕**おき・おきに**　一　1 おき、ごと　2 ごと、おき　3 おき　4 ごと　5 ごと

〔六〕**おり**　一　1・d　2・a　3・e　4・c　5・b　6・f

〔七〕**かた**　一　1 しかた　2 あの方　3 捕《つか》まえかた　4 泳ぎかた　5 親戚《しんせき》の方　6 使いかた　7 食べかた

〔八〕 がち・がちに・がちな　一　1　がちで　2　やすい　3　がち　4　ぽい　5　がちな　6　やすい　7　がち　8　がちな　9　がちで　10　っぽい

〔九〕 くせに　一　1　イ　2　キ　3　ア　4　カ　5　ウ　6　エ　二　1　のくせに　2　くせに　3　くせに　4　のくせに　5　くせに　6　なくせに　三　1　僕と言う　2　教えてくれない　3　勉強しない　4　出来たような振りをする　5　手伝ってくれない

〔一〇〕 ぐらい（くらい）　一　1・b　2・c　3・d　4・c　5・b　6・b　7・b　8・a　二　1　中曽根《なかそね》首相がワシントンに飛んで行くぐらい、日米間の貿易問題がこじれました。　2　御飯ぐらい一人で炊《た》けます。　3　この学校であの先生ぐらい厳しい人はいない。　4　まずいものを食べるぐらいなら、食べないほうがましだ。　5　新幹線が止まるぐらい雨がたくさん降りました。　6　漢字を書くぐらい、誰にでも出来ます。

〔一一〕 こと　一　1　ことになった　2　ことにした　3　ことにした　4　ことになる　5　ことにして　6　ことにした　二　1　保存することになりました　2　ことにしている　3　読んだことがありますか　4　読むことができるようになるには　5　ことにしました　6　疲れること（だ）　7　ことになっている　8　私は本を読んで、夜ふかしをすることがある　9　ということです　10　ということではない　11　しないことです　三　1　食べたことがありますか　食べたことは、食べたんですが　しないことにしています　おおげさなこと　2　出席することができます、出すことにして、失礼することになる　3　愛すること、生きること、聞いたこと　4　転勤することになりました、大変なこと、連れて行きたいことは、行くことにしました、ご苦労なこと、困ったことには、気をつけることです　四　1　もの　2　こと　3　こと(の)　4　の(って)、のっ　5　の　6　もの　7　こと、こと(もの)　8　の(もの)　9　こと　10　こと　11　こと　12　もの、こと　13　こと　14　の　15　こと　16　もの

〔一二〕 しだい　一　1　すぐお知らせします　2　あなたの心がけしだいです　3　陪審員《ばいしんいん》しだいだ

4 図書館へ行って勉強します 5 敵の出方しだいによる 6 金しだい 二 1 …着きしだい…。 2 …相手しだいです。 3 …つけしだい、…。 4 …決心しだいです。 5 入りしだい、…。

〔四〕 せい 一 1 × 2 ○ 3 ○ 4 × 5 ○ 二 1・h 2・d 3・j 4・e 5・g 6・c 7・b 8・i 9・a 10・f 三 1 電車が事故で遅《おく》れたせいです。 2 雨が梅雨《つゆ》に降らなかったせいです。 3 レポートがあって忙《いそが》しかったせいです。 4 昨晩、雨が降って寒かったせいです。

〔五〕 そう・そうな 一 1 厳し 2 実現し 3 なり 4 元気 二 1 …閉まったそうです。 2 …食欲がないそうです。 3 …速いそうです。 4 …俳優だったそうです。 三 1・y 2・x 3・y 4・y 5・x 6・y 7・y 四 1 …は降りそうにもありません。 2 …便利じゃなさそうです。 3 …高くなさそうです。(高そうではありません。) 4 …よくなさそうです。(よさそうではありません。) 5 …買えそうにもありません。 五 1 多いようだ 2 必要だそうだ 3 帰国できるようだ 4 ありそうだ 5 学生だそうだ

〔六〕 だけ 一 ① f ② g ③ a ④ a ⑤ c ⑥ e ⑦ a ⑧ a 二 1 美術家だけあって 2 日本人だけでなく、世界の人々も 3 すれば、するだけ 4 この地域だけでなく、国全体に 5 十五万だけで 6 欲しいだけ 7 やるだけ 8 女性だけあって 9 高いだけあって 10 信頼されるだけの

〔七〕 たびに 一 1 寮で暮らしていたころのことを思い出す 2 デモ隊と警官との衝突が起こる 3 気分が悪くなる 4 虹《にじ》が出る 5 古い友人を訪ねる 二 1 クラス会のたびに…。 3 …帰るたびに、…。 3 電話のたびに…。 4 …出るたびに…。 5 試験があるたびに…。

〔八〕 ため・ために 一 1・c 2・a 3・c 4・a 5・a 6・b 7・a 8・b 9・b 10・a 二 1 ため(に) 2 ため(せい) 3 せい 4 ために 5 ため(に) 6 せい(ため) 7 せい 8 ため(に) 9 ため(に) 10 ため

に

〔一九〕だん　一　1　場合　2　こと　3　こと　4　場合　5　場合

〔二〇〕つもり　一　1　はず　2　つもり、つもり、はず　3　つもり　4　つもり　5　つもり　6　はず　7　つもり　8　はず　二　1　やめよう、するつもり、出席するつもり、行くつもり　2　洗濯をしてしまおう　3　出すつもり　4　入ろう、受けるつもり、入るつもり

〔二三〕とおり　一　1　×　2　○　3　○　4　×　5　○

〔二四〕とき・ときに　一　1　ときに(ときは)　2　とき(に)は　3　とき(に)は　4　とき(に)・とき(に)は　5　とき(に)　6　ときは　7　とき(に)は　8　とき(に)　9　とき(に)　10　とき(に)　二　1　花火をする場合…。　2　死ぬ前に…。　3　電車に乗る直前になって…。　4　アメリカへ行ってから…。　5　ヨーロッパへ行く途中…。　6　…家に帰る前に…。　7　部屋に入る前に…。　8　笑っているあいだに…。　9　…話す場合には…。　10　…死んでから…。　11　…わからない場合…。　12　…寝る直前に…。　13　髪を洗う場合…。　14　…をふたを開けた直後…。　三　1　○　2　○　3　×　4　×　5　○　6　○　7　○　8　○　9　×　10　×

〔二五〕ところ　一　1　始まるところ、煮ているところ　2　行くところ　3　食べて来たところ、話しているところ　4　書き終わったところ、出るところ、買物どころ、四苦八苦しているところ、ちょうどいいところ、行こうと思っているところ　5　忘れるところ、しようとするところ　二　1　…している(していた)ところにお客様が…。　2　…買ったところですから…。　3　…している(していた)ところに、友達が…。　4　…覚えたところなので…。　5　…読むところなので…。　6　…報道するところによると…。　7　…就職したところ…。　8　お忙《いそが》しいところをお邪魔して…。　三　1　…聞いた話(限り)では…。　2　…しようとしているところです。　3　…乗ろうとした時…。　4　…いた時に…。　5　…通っている大学は、…。　6　…着いたばかりだから…。　7　…書いています(いる途中で

す）。 8 …していますから…。

〔二六〕 ながら 一 1 逆接 2 逆接 3 同時進行 4 同時進行 5 逆接 6 同時進行 7 同時進行 8 同時進行 二 1 × 2 ○ 3 × 4 ○ 5 × 6 × 7 × 三 1 ○ 2 × 3 ○ 4 × 5 ○

〔二七〕 など・なんで（なんぞ） 一 1 分からないなど（なんて） 2 肉など（なんて） 3 面白かったなんて 4 なんて（など） 5 やめる（やめたい）なんて 二 1 いいえ、日本語の小説などまだ読めません。 2 散歩したり、昼寝したりなどして過ごします。 3 いいえ、野球など見に行ったことはありません。 4 私などあまり力がないと思います。

〔二八〕 の（ん） 一 1 （の）もの 2 もの 3 × 4 こと、× 5 こと 6 こと 7 こと 8 × 9 こと、× 10 （の）もの 11 × 12 こと 13 × 14 もの 二 1 ① d ② b ③ b ④ b ⑤ b ⑥ b 2 ① d ② d ③ b

〔二九〕 はず 一 1・a 2・b 3・a 4・a 5・d 6・b 7・b 二 1 分かるはずだ 2 気が進まないというわけだ 3 ないわけだ（ないのだ）、ないのだ 4 助け合うもの 5 できるはずだ 6 来ないわけだ 7 こうなるはずではない 8 果《は》たすもの 9 はけないはず、はいてみたのだ 10 分からないもの、生活していたはずなの、別れたのだ 11 あげるの、果《は》たしたわけだ、なったの 三 1 …再開されるはずに…。 2 …うまいはずです。 3 …用意してあるはずです。 4 …あるはずだから…。 5 …いらっしゃるはずだから…。

〔三〇〕 ばかり 一 1 ばかり 2 だけ（ばかり） 3 だけ 4 ばかりに 5 だけあって 6 ばかり 7 ばかり 8 ばかり 9 ばかり 10 ばかりに 二 1 …分からないせいで… 2 …食べ物だけでなく… 3 すがりつかんほどに（すがりつくぐらいに）…。 4 …習い始めたところだから…。 5 …十メートルぐらい（ほど）行った…。 6 …言わなかったせいで…。 7 この秘密だけは…。 8 …人だけだ…。 9 …遊んでいるだけで…。 10 …泣き出しそうな顔を…。

〔二三〕ほう　一　1 医者へ行ったほうがいいでしょう。　2 今年のほうが面白かったです。　3 アマゾン川のほうが長いでしょう。　4 音楽のほうに興味があります。　5 読んだり、書いたりして（聞いたり、話したりして）勉強するほうが、自分にあっているとおもいます。

〔二四〕ほど　一　1 ぐらい　2 ぐらい　3 ぐらい　4 だけ　5 だけ　6 ぐらい（だけ）　7 ぐらい　8 ×　二　1 …法隆寺《ほうりゅうじ》ほど古い木造の建造物は世界にない。　2 …頭が痛くなるほどだった。　3 …みんなが絶賛するほどいい映画だと…。　4 あの学生ほど真面目に…。　5 …三キロほど行ったところに…。

〔二五〕ま　一　1 ま　2 あいだ　3 あいだ　4 あいだ　5 ま　6 ま　7 ま　8 あいだ　9 あいだ　10 ま

〔二六〕まま　一　1 で、ア　2 に、ウ　3 に、イ　4 で、イ　5 ×、イ　6 ×、イ　7 ×、ア　8 で、ア　9 ×、ウ　二　1 はいたまま（で）　2 手を加えないまま（で）　3 むくままに　4 世話になったまま（で）　5 敷いたままだ　三　1 座りながら　2 聞いたとおりの　3 言われるとおりに　4 引っ込んだきり　5 つけながら

〔二七〕みたい　一　1 ○　2 ×　3 ×　4 ○　5 ○　6 ×　7 ×　二　1 たとえられる　2 夢のようですわ　3 お父さんにそっくりですね　4 他人事《ひとごと》であるかのごとく説明した　5 みたいな味がします　6 あなたみたいな　三　1 な　2 に　3 ×　四　1 ○　2 ×　3 ○　4 ○　5 ×

〔二八〕むき　一　1 女性むき　2 パーティーむき　3 海外旅行むき　4 子供むき

〔二九〕もの　一　1 こと、こと（の）　2 もの　3 の　4 こと、の　5 の　6 の　7 こと、こと　8 もの（の）　9 もの　10 の、もの　11 こと、の、の　12 もの　13 こと　14 もの、もの、こと、の　15 もの、の　16 もの、もの、もの　17 の、の、もの（こと）　二　1 a ○ b × c ×　2 a ○ b × c ×　3 a ○ b ○ c ×　4 a ○ b × c

○ 5 a ○ b ○ c ×

〔四一〕 よう・ように・ようで 一 1・E 2・C 3・D 4・A 5・B 二 1 ようにします 2 ようになります 3 ようにする（ようになる） 4 ようになら 5 ようになりました 6 ようにして 7 ようにして 8 ようにしたい、ようになり 三 1 明日学校に来ないように言いました。2 年賀状を書き終えるようにするつもりです。3 絵のように美しい国です。4 あまりはかばかしくないようです。5 事故があったようです。6 寒くなるようです。四 1 ○ 2 × 3 ○ 4 ○ 5 × 6 × 7 ○ 8 ○ 9 ○

〔四二〕 よし 一 1 …ご帰国の由《よし》…。2 …決まった由《よし》…。3 …可決された由《よし》です。

〔四三〕 わけ 一 1・a 2・b 3・b（c） 4・b 5・c 6・b（c） 7・e 8・b 9・e 10・a 11・f 12・d 二 1 もらうわけにはいかない 2 できるわけだ 3 起こるわけはない 4 払えないわけではない 5 食べないわけにはいかない 6 ないわけではない 7 思わないわけはない 8 ふらふらするわけだ 9 助かるわけにはいかない 10 分かるわけはない

第三章 総合問題

一 1 ①ほど ②の ③ん（の） ④そう ⑤まま ⑥もの ⑦ながら 2 ①あいだ ②ま ③うちに ④あいだ ⑤ながら ⑥うちに ⑦とおり ⑧とおり ⑨まんま（まま） 3 ①ほど ②ということ ③とき ④こと ⑤ほど ⑥ところ ⑦よう ⑧の ⑨ほど ⑩こと ⑪よう ⑫よう ⑬よう ⑭ばかり ⑮ものの ⑯こと 4 ①うちに ②まま ③はず ④の 5 ①ほど ②ながら ③くらい（ほど） ④ほど（くらい） ⑤ほど（くらい） ⑥ように ⑦ということ 6 ①こと ②の ③ため ④ような ⑤くらい ⑥もの ⑦もの ⑧の ⑨ところ ⑩もの ⑪こと ⑫ところ ⑬もの ⑭こと ⑮とき ⑯こと ⑰てん ⑱もの ⑲ところ ⑳こと ㉑てん ㉒ほど ㉓こと 7 ①とき ②ゆえ ③など（な

ぞ）④ことにした　⑤ことができた　⑥まま　⑦ゆえ

二　①の　②こと　③とき　④こと　⑤こと　⑥わけにいかなかった　⑦うち　⑧ばかり　⑨こと　⑩こと　⑪ことがある　⑫ように

三　1　説明する気持を表す。　2　①など　②まま　③もの　④など（なぞ）⑤ほど　⑥はず　⑦あたり　⑧こと　⑨うちに（まま）

四　1　①がた　②そうだ　③そうだ　④そうに　⑤ほど　⑥ほど　⑦ながら　⑧ながら　⑨ほど　⑩なんて　⑪ほど　⑫ばかり（だけ）⑬わけはない　⑭だけ　⑮はず　⑯はずだ　2　a　こと　b　もの　c　もの　d　こと　e　もの　f　もの　g　こと　h　もの（こと）　i　もの

五　1　①こと（の）②こと　③もの（の）④の　⑤の（こと）⑥もの　⑦もの　⑧こと（の）⑨こと　⑩もの　⑪もの　⑫こと　⑬もの（の）⑭の　⑮の　⑯こと　⑰もの　⑱の（もの）⑲の　⑳の　㉑の　㉒の（こと）㉓こと　㉔の　2　a　B　C　b　(イ)　程度の上限と下限　3　c　4　a　(エ)　b　(イ)　c　(イ)　d　(イ)　e　(エ)

六　1　①うちに　②わけ（はず）③はず（わけ）④ながら　⑤ところ　⑥など　⑦わけ（はず）⑧あいだ　⑨ながら　⑩うえで　⑪とおり　2　A　e　過去の経験　B　b　自然の成り行きとしての結果　3　a　こと　b　こと（もの）c　こと　d　こと　e　もの　f　こと　g　もの　h　こと　4　b　説明　5　イ

七　1　アの　イこと　ウこと　エの　オの　2　①ために　②ように　③ところ　④ため　⑤ように　⑥よう　⑦はず　⑧よう　3　a　(ア)　b　(エ)　c　(カ)

形式名詞

定價：150 元

郵購單本需另加 40 元

1988 年(民 77)10 月初版一刷
2005 年(民 94)5 月初版四刷
本出版社經行政院新聞局核准登記
登記證字號:局版臺業字 1292 號

發　行　人：黃成業
發　行　所：鴻儒堂出版社
地　　　址：台北市中正區 100 開封街一段 19 號二樓
電　　　話：(02)2311-3810・(02)2311-3823
電話傳真機：(02)23612334
郵 政 劃 撥：01553001
E —mail：hjt903@ms25.hinet.net

法律顧問:蕭雄淋律師

鴻儒堂出版社於＜博客來網路書店＞設有網頁。
歡迎多加利用。
網址 http://www.books.com.tw/publisher/001/hjt.htm

外国人のための日本語 例文・問題シリーズ2『形式名詞』練習問題解答

監修：名柄 迪　　著者：名柄 迪・広田紀子・中西家栄子

〒101 東京都千代田区神田神保町2-40 ☎03(262)0202　荒竹出版株式会社